適用N5～N3程度　　MP3

作者｜林士鈞・EZ Japan編輯部

日語文法

Quiz快問快答

高手魯蛇立分高下

新手練功 — 篇 —

誰敢來挑戰！

U0046428

目次

本書使用說明

Step 1

先不要急著翻到下頁，參考標題的中譯，好好想想哪個選項才是對的！

Step 2

正確答案在這裡！你答對了嗎？看看對話框中學生的疑問是否和你一樣呢？

Step 3

跟著老師的腳步步步拆解吧！解說內容乍看好像繞遠路，最後卻直搗問題核心～

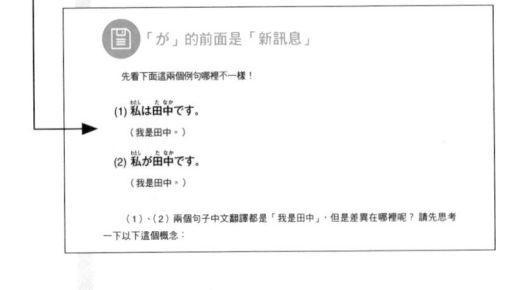

Step 5

跟著 MP3 一起大聲朗讀，輕輕鬆鬆讓語感成為你的囊中物！

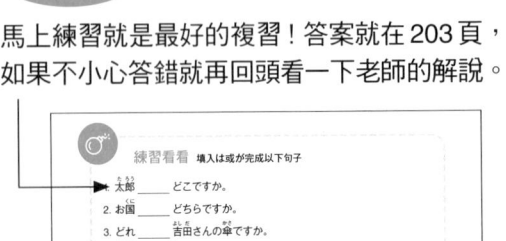

Step 4

馬上練習就是最好的複習！答案就在 203 頁，如果不小心答錯就再回頭看一下老師的解說。

私 _？_ 行った時 _？_ 雨
でした。

が / は ⚔ は / が

難易度 ◇ ◇ ◇

🎧 01

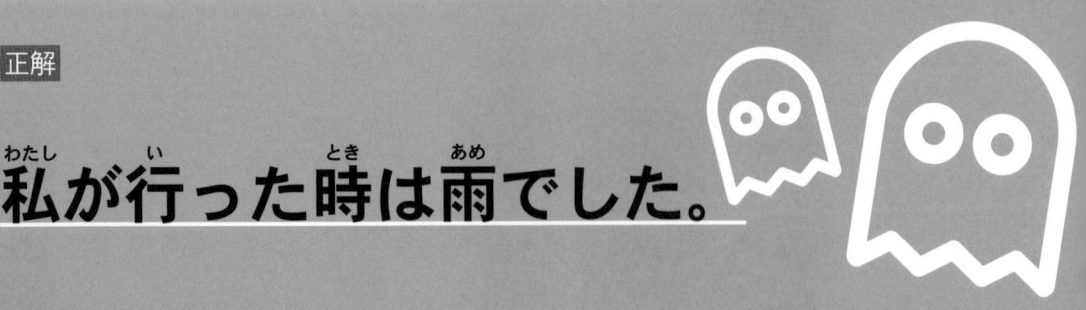

正解

私が行った時は雨でした。

老師，為什麼「我去的時候下著雨」不能說成「私は行った時が雨でした」呢？

哇～～「は」和「が」可是個「大題目」呢？若要仔細研究可以寫成一本論文了。但是問題可大可小啦，可以依每個狀況需求一一解決，老師最擅長的就是從小地方拆解問題啦！

 「が」的前面是「新訊息」

先看下面這兩個例句哪裡不一樣！

(1) 私は田中です。

（我是田中。）

(2) 私が田中です。

（我是田中。）

（1）、（2）兩個句子中文翻譯都是「我是田中」，但是差異在哪裡呢？請先思考一下以下這個概念：

已知（舊訊息）は 未知（新訊息）

未知（新訊息）が 已知（舊訊息）

也就是「は」的前面是「已知的舊訊息」、後面是「未知的新訊息」；「が」則相反。舉個例子，自我介紹時要用「は」還是「が」呢？

私 は 田中です。

舊訊息　　新訊息：我不是山中、不是川中，是田中喔！

自我介紹時要讓對方知道的訊息為「名字」，此時「說話者」本身為舊訊息、「人名」為新訊息，所以「私」後面要接「は」再接「田中」。

那麼，什麼時候會用到「私が田中です」這句話呢？既然有「が」，表示「私」為新訊息、「田中」為舊訊息。這意味著在這個句子裡，說話者要表達的不是「名字」，而是「人」。舉個例子來說明，餐廳裡要找一位叫做「田中」顧客，此時本人出現了，他就會說：

私 が 田中です。

新訊息：田中就是我啦！

這樣是不是都懂了？那我們來玩一下配對遊戲！如果要幫下面（3）、（4）兩句回答找出適合他們的問句，你認為是哪一句呢？

(3) _____？　　私はケーキを食べました。

(4) _____？　　私がケーキを食べました。

(A)（あなたは）何を食べましたか。

（你吃了什麼呢？）

(B) 誰がケーキを食べましたか。

（誰吃了蛋糕呢？）

正確答案是（3）-（A）；（4）-（B）。

因為（A）、（B）兩個問句，（A）是問對方吃了什麼東西，（B）則是問誰吃了蛋糕，所以（3）、（4）的問句，個別符合先前提到的「已知·舊訊息」／「未知·新訊息」的概念對吧！所以當要強調句中的「物品」時，會用到「は」；當要強調句中的動作者「人」時，會用「が」。

 「子句」的主詞用「が」來表示

老師都說了「は」「が」的問題不是等閒之輩，所以不會這麼簡單就放過我們的啦！這裡就要講第二個重點，就是「句子的主詞用『は』來表示，而其中『子句』的主詞用『が』來表示」。

先以這個基本概念來分辨的話，各位分得出下面兩句的對錯了嗎？

(5) ○ 私は田中さんがくれたケーキを食べました。

(6) ✕ 私が田中さんはくれたケーキを食べました。

首先，我們必須先找出句子裡的「子句」，但要怎麼找呢？看看下面的標示，底線是整個句子的基本結構，主詞用「は」而剩下的部分就是子句：

私は田中さんがくれたケーキを食べました。

因為「田中さん」是子句中的主詞，也就是「くれた」這個動作的動作者，所以「田中さん」後面用「が」。整句話的意思為「我吃了田中先生送我的蛋糕」。再舉一例：

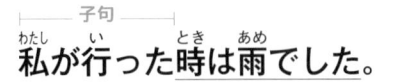

大家看看這整句話的主詞會是「私」還是「時」呢？毫無疑問的，基於主語／述語對應的原則，「私は雨でした」（我是雨）是不恰當的說法，所以是「私」應為子句的主詞，也就是「行った」這個動作的動作者，後面加「が」，意思為「我去的時候在下雨」。

練習看看　填入は或が完成以下句子

1. 太郎 ＿＿＿＿＿ どこですか。

2. お国 ＿＿＿＿＿ どちらですか。

3. どれ ＿＿＿＿＿ 吉田さんの傘ですか。

4. 山田さんの傘 ＿＿＿＿＿ どれですか。

5. 鈴木さん ＿＿＿＿＿ くれたの ＿＿＿＿＿ 花でした。

6. 私 ＿＿＿＿＿ 藤井さん ＿＿＿＿＿ くれたチョコレートを食べました。

あの男性が、私の恋人です。

那位男性是我的男朋友。

張君は、日本語の達人です。

張先生是日文高手。

明日は、期末テストの最終日です。

明天是期末考的最後一天。

K-POP を聴くのが、妹の趣味です。

聽韓文流行歌曲是妹妹的興趣。

一人で食事するのは、つまらないです。

一個人吃飯很無聊。

毎日運動することが、健康を保つ秘訣なのです。

每天運動就是保持健康的祕訣。

彼女が駅に着いたときは、もうみんないなかった。

她到車站的時候大家已經都不在了。

私は、母が教えてくれた歌を毎日練習した。

我每天練習媽媽教我的歌。

私の家族が住む家は、マンションの２階にある。

我的家人住的房子，在公寓的二樓。

田中さんが買ったチケットでは、このショーは見られない。

田中先生買的票看不到這場秀。

レストランで友だちが注文したのは、一日限定１０皿のデザート
プレートだ。

朋友在餐廳點的，是一天限定十盤的盤飾點心。

ノーベル賞を受賞した山中教授は、京都大学が準備した会場で記
者会見を行った。

得到諾貝爾獎的山中教授，在京都大學準備的會場裡舉行了記者會。

Quiz 2　牛排，約翰先生要吃。

ステーキ ＿?＿ ジョンさん ＿?＿ 食(た)べます。

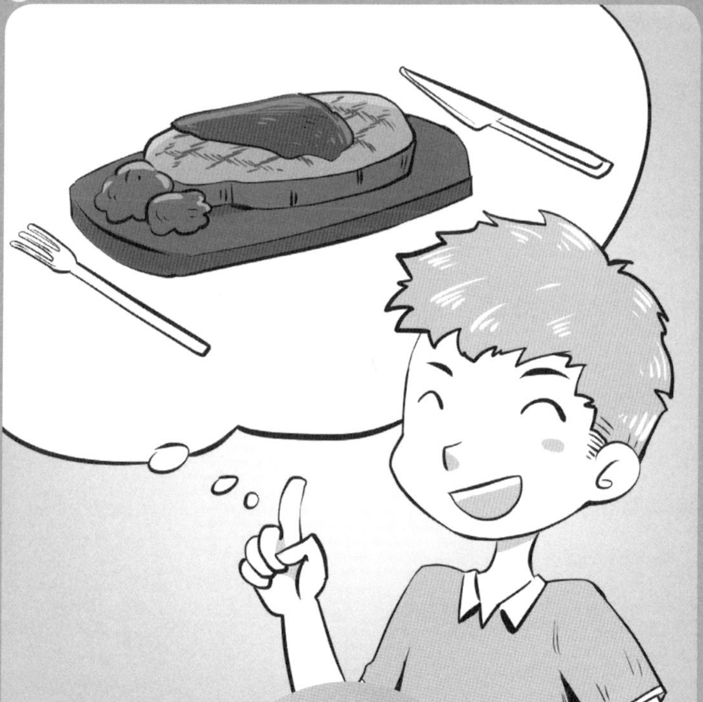

は / が　　**は / を**

難易度 ◆◆◇

03

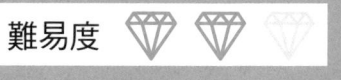

正解

ステーキはジョンさんが
食べます。

老師，我是認真的！「ステーキはジョンさんを食べます」是「牛排，約翰要吃」沒錯吧？

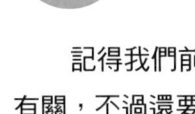

這位客人，老師也很認真！「牛排，要吃約翰」沒錯吧？

 ## 「が」表示主詞、「を」表示受詞

記得我們前一回討論的是跟「は」「が」有關的句子，這次的句子也和「は」「が」有關，不過還要再加一個「を」，難度倍增了呢！首先，就先讓大家暈頭轉向一下吧，下面六個句子，哪幾句話是對的呢？

(1) ＿＿＿ジョンさんは　　ステーキを　　食べます。

(2) ＿＿＿ジョンさんが　　ステーキを　　食べます。

(3) ＿＿＿ジョンさんは　　ステーキが　　食べます。

(4) ＿＿＿ステーキは　　ジョンさんを　　食べます。

(5) ＿＿＿ ステーキが　　ジョンさんを　　食べます。

(6) ＿＿＿ ステーキは　　ジョンさんが　　食べます。

　　公布答案囉，正確的句子是（1）、（2）、（6），錯誤的句子是（3）、（4）、（5），你對幾題呢？「ジョンさん」（約翰先生）是表「人」的名詞、「ステーキ」（牛排）是表「物」的名詞、「食べます」（吃）則是他動詞。這三個單字在一起時，表「人」的名詞「ジョンさん」會是「食べます」這個動作的行為者；表「物」的名詞，而且是食物的「ステーキ」則是「食べます」這個動作的受詞。

　　配合「が」「を」這兩個助詞的基本用法，「が」表示主詞、「を」表示受詞，因此只要「ジョンさん」後面出現了「を」就一定錯、「ステーキ」後面出現了「が」也不對，如此一來，就能輕鬆挑出不正確的（3）、（4）、（5）三句話啦！

 ## 「が→は」主詞主題化、「を→は」受詞主題化

　　找出（3）、（4）、（5）是錯的，不代表（1）、（2）、（6）就是對的，因此我們還是要了解「は」的功能。日文和英文有一個很大的不同：英文不需要區分主題和主詞，日文卻有主題和主詞的不同。而日文的「主題」就是由「は」來表示。如此一來，我們就可以確定為何（1）、（2）都是正確的。（2）的「ジョンさんがステーキを食べます」是一個非常基本的句子，就像字典上的例句一樣單純。但在實際對話中，當我們要告訴別人「約翰先生要做什麼」時，就會將「ジョンさん」主題化，後面的助詞改成「は」，成為1的「ジョンさんはステーキを食べます」

　　剩下的（6）「ステーキはジョンさんが食べます」這個句子可能是大家比較懷疑的，「ステーキ」是受詞，但是受詞也可以主題化喔！這句子受詞主題化的方法就是將「ステーキ」放到句首，將原本的助詞「を」改為「は」就可以了。這裡要小心的是，由於「ステーキ」已經成為主題，「ジョンさん」後面要加上表示主詞的助詞「が」才恰當。

13

基 本 句：(2) ジョンさんが　　ステーキを　食べます。
　　　　　　　　（主詞）　　　　　　（受詞）

（中譯：約翰先生要吃牛排。）

主詞主題化：(1) ジョンさんは　　ステーキを　食べます。
　　　　　　　　　（主詞）　　　　　　（受詞）

（中譯：約翰先生要吃牛排。）

受詞主題化：(6) ステーキは　ジョンさんが　食べます。
　　　　　　　　　（主題）　　　　（主詞）

（中譯：牛排，約翰先生要吃。）

　　這樣一來，應該也能了解為什麼（3）、（4）、（5）是錯的了。因為只要主詞和受詞弄反了，牛排就成了進擊的牛排、約翰先生就成了盤中飧了。（4）的「ステーキは ジョンさんを食べます」、（5）的「ステーキがジョンさんを食べます」都是「牛排要吃約翰先生」，（3）的「ジョンさんはステーキが食べます」則是「約翰先生，牛排要吃」。無論哪一句，都・很・可・怕！

 「が」、「を」以外的助詞，主題化後不可省略

　　老師最後再補充一下，「が」「を」這兩個助詞因為功能單純，所以主題化後直接被「は」代替。但若是「へ」「と」「に」「で」，則要變成「へは」「とは」「には」「では」喔！

14

(7) ジョンさんが韓国へ行きました。

→ 韓国へはジョンさんが行きました。

（韓國，約翰先生去了。）

(8) ジョンさんがキムさんと会いました。

→ キムさんとはジョンさんが会いました。

（金先生，約翰先生見了。）

(9) ジョンさんがキムさんにおみやげをあげました。

→ キムさんにはジョンさんがおみやげをあげました。

（金先生，約翰先生送了他禮物。）

(10) ジョンさんが韓国でキムチを食べました。

→ 韓国ではジョンさんがキムチを食べました。

（在韓國，約翰先生吃了泡菜。）

練習看看 請將底線部分改為句子的主題

1. 天気がよければ、ここから富士山が見えます。
2. 国へ帰っても、日本語の勉強を続けます。
3. 雨でしたから、富士山へ行きませんでした。
4. ３０歳までに結婚するつもりです。
5. タクシーにカメラを忘れてしまいました。
6. 雨ですから、今日出かけません。

この雑誌はとてもおもしろいので、毎月欠かさずに買うようにしている。

這本雜誌非常有趣，所以我盡量每個月都買。

入学試験の合否結果は、インターネットでも確認することができます。

入學考試合格與否，也能用網路確認。

コーヒーは、砂糖やミルクを入れずにブラックで飲むのが通だ。

咖啡不加糖、不加奶精，喝黑咖啡才是內行人。

日本へは、今の仕事が一段落ついてからしか遊びに行けそうもない。

日本，看起來只有等現在的工作告一段落後才能去了。

来年には台湾で大統領選挙があり、多くの人からの注目を集めている。

明年台灣舉行總統大選，吸引了許多人的目光。

祖母が住んでいる田舎では、野生の猿や鹿を見るのが日常茶飯事だ。

在祖母住的鄉下，看到野生的猴子和鹿是家常便飯。

彼とは入社当時から同じ部署なので、阿吽の呼吸で仕事ができる。

和他從進公司時就在同單位，所以可以很有默契地工作。

東京スカイツリーからは、天気のいい日なら富士山もきれいに見える。

如果是天氣很好的日子，也能夠很清楚地從東京晴空塔看到富士山。

審査がスムーズに進むように、パスポートのカバーは外して提出してください。

為了要通關順暢，檢查護照時請將護照套拿掉！

映画上映中、携帯電話の電源は、お切りになるかマナーモードの設定をお願いいたします。

電影放映時，麻煩請將行動電話的電源關掉，或設為靜音模式。

先生（せんせい）、私（わたし）＿＿？頭（あたま）＿＿？痛（いた）いです。

は / が　⚔　の / は

難易度 💎 💎 💎

正解

先生、私は頭が痛いです。

老師，為什麼「我的頭很痛」不能說成「私の頭は痛いです」呢？

同學……老師也頭痛了！

比起牛排要吃約翰先生，這個句子的錯誤好像不算什麼。甚至應該說，聽的人很清楚這句話要表達什麼，但是聽起來就是很怪、非常奇怪。嗯！ 的確有調整的必要，只是不需要大改，只要微調就行了，幫我拿放大鏡來吧！

 象は鼻が長い（大象鼻子長）

　　「象さん、象さん、お鼻が長いのね♪……」這首童謠大家一定聽過，沒聽過也在蠟筆小新裡看過。想一想，我們是要敘述大象的外型呢？ 還是說明大象的鼻子長不長呢？

(1) あのモデルは足が長い。

（那個模特兒腳很長。）

(2) この子は目が大きくてかわいいですね。

（那孩子的眼睛很大很可愛呀！）

　　看到前面兩個例句應該懂了吧！ 既然我們要描述「人」的外型，那就將「人」後

面加上助詞「は」，身體部位加上「が」，再加上形容詞。

我們可以這麼記：

主體 は 部分 が 形容詞

 **象の鼻は長い（大象的鼻子很長）**

老師！ 如果真的要表達鼻子的長短呢？「象の鼻が長い」可以嗎？

老師告訴你，這樣還是不恰當，既然是要告訴別人鼻子的長短，「鼻」後面應該加的是「は」而不是「が」，因此「象の鼻は長い」才是恰當的說法。

(3) あのモデルの足は長い。

（那個模特兒的腿很長。）

(4) この子の目は大きくてかわいいですね。

（那孩子的眼睛很大很可愛呀！）

前面的（1）、（2）兩個句子改成以上（3）、（4）兩個說法，句子也是正確的。不過老師還是要再次強調，這個時候是用來說明模特兒的腳是長是短、孩子的眼睛是大是小。

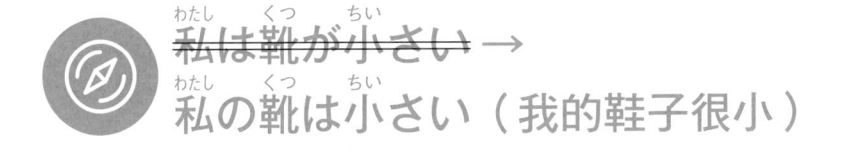 **私は靴が小さい →
私の靴は小さい（我的鞋子很小）**

老師、老師！ 那，「我的鞋子很小」也可以說成「私は靴が小さい」嗎？

不錯、不錯！ 有進步，能舉一反三，不過很遺憾的，答案是否定的！「靴」（鞋子）不是身體的一部分，頂多只是「所有物」，因此不能說成「私は靴が小さい」，而要說「私の靴は小さい」。

(5) ✕ 私は靴が小さい。

(6) ○ 私の靴は小さい。

　　相反地,「足」（腳）是身體的一部分,如同前面提到的,若要說自己的腳很小的話,「私は足が小さい」和「私の足は小さい」兩個說法都正確,但前者是描述「私」的外型特色,後者則是說明「足」的大小。

(7) ○ 私は足が小さい。

(8) ○ 私の足は小さい。

私の頭は痛い → 私は頭が痛い（我的頭很痛）

　　老師！ 老師！ 這次我懂了,因為「頭」是身體的一部分,所以要說「私は頭が痛い」來表示「我的頭很痛」才可以吧！

(9) ✕ 私の頭は痛い。

(10) ○ 私は頭が痛い。

　　非常好！ 幾乎沒問題了,不過我們這麼解釋好了:不只因為「頭」是身體的一部分,也因為「痛い」是表示「感覺」的形容詞,這個「感覺」是「私」的感覺,而不是「頭」的感覺,因此只能說「私は頭が痛い」。要表達身體其他部位疼痛,我們可以這麼記:

　　人 は 身體部位 が 痛い

(11) 私はおなかが痛い。

（我肚子痛。）

(12) 私は手が痛い。

（我手痛。）

「痛い」是表示「感覺」的形容詞，「小さい」則是表示「性質」的形容詞。「私は靴が小さい」這個句子不恰當就是因為「小さい」這個「性質」是「靴」的「性質」，和「私」一點關係都沒有，因此只能說「私の靴は小さい」（我的鞋子很小）。

「私は足が小さい」「私の足は小さい」這兩句話都正確則是因為「小さい」是「足」的「性質」，而「足」也是「私」的身體的一部分，所以「足が小さい」也能用來表達「私」的「特徵」。

「瞎子摸象」這個寓言大家有印象嗎？國王是為了看瞎子的笑話才這樣捉弄他們，如果換成是我這個好心的老師當國王，我會角色互換，告訴這四個視障者們大象的外型，例如「象は耳が大きい」（大象耳朵很大）、「象は足が太い」（大象腳很粗）、「象は鼻が長い」（大象鼻子很長）。或者事先告訴視障者，要他們摸的是大象的耳朵、腳、鼻子，再請他們說明象耳朵、象鼻子、象腿的特色，此時就會運用到「象の耳は大きい」「象の足は太い」「象の鼻は長い」這幾個句子。

練習看看　**請將下列句子翻成日文看看**

1. 猴子手很長。 _____

2. 長頸鹿脖子很長。 _____

3. 鱷魚嘴巴很大。 _____

4. 袋鼠腳很有力。 _____

リナさんは目が大きい。

莉娜小姐眼睛很大。

きのうからずっとおなかが痛い。

從昨天開始肚子就一直很痛。

亮君の足は超短い。

小亮同學的腳超短。

吉田は耳がキツネのようにとがっている。

吉田的耳朵像狐狸一樣尖尖的。

私のかばんは大きいので、ペットの犬も入れられる。

我的包包很大，所以我養的小狗也放得進去。

私のカレ氏は、背が高くて、足が長くて、目がブルーで……。

我的男朋友長得很高、腳很長、眼睛是藍色的……

あの留学生、初めて正座をしたので、足がしびれて立てなくなったようだ。

那個留學生因為第一次跪坐，所以好像腳麻得站不起來。

すみません、朝から体がだるいので、今日は一日休みたいんですが。

不好意思，我從早上開始就全身無力，所以今天想請假一天。

陳君のスピーチ、最初の部分が長くて、本題に入る前に時間切れで失格になった。

陳同學的演講一開始的部分很長，進入正題之前時間就到了，因此被取消資格。

ミズキさんは、上半身が太っている割には、足が細い。

水木小姐明明上半身很胖，腳卻很細。

もしもし、＿？＿は木村さんのお宅ですか。

木村？

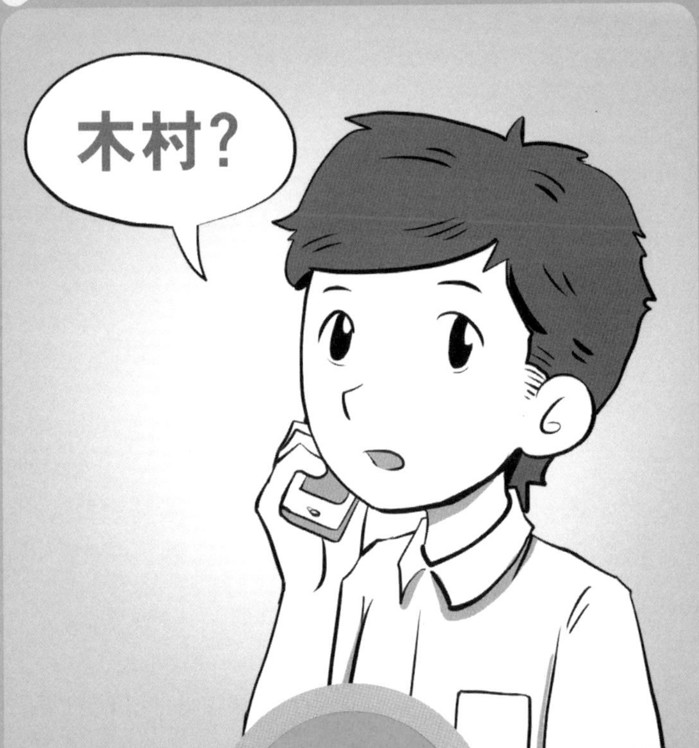

そちら　✕　あちら

難易度 ◇ ◇ ◇　　🎧07

正解

もしもし、そちらは木村<ruby>き<rt></rt></ruby><ruby>村<rt>むら</rt></ruby>さんのお宅<ruby>たく<rt></rt></ruby>ですか。

老師，「もしもし、あちらは木村さんのおたくですか。」
哪裡錯了？ 為什麼我打電話過去沒人聽得懂啊？

不要急，讓老師來看看。嗯……對不起，請問你要找誰？

 基本：指示的人事物「存在於現場」時

　　「こ・そ・あ」是「指示詞」，相較於中文的指示詞只有「這・那」兩種用法，日文則是分成「こ・そ・あ」三種用法。而區分的方式，一般的學習上，以距離的「近・中・遠」，再配合翻譯「這・那・那」來區分「こ・そ・あ」。不過，這樣的解釋，是不是讓你不知道距離「中」、「遠」要如何判斷呢？

(1) これは何<ruby>なん<rt></rt></ruby>ですか。→それは辞書<ruby>じしょ<rt></rt></ruby>です。（這是什麼呢？→那是字典。）

(2) それは何<ruby>なん<rt></rt></ruby>ですか。→これは辞書<ruby>じしょ<rt></rt></ruby>です。（那是什麼呢？→這是字典。）

(3) あれは何<ruby>なん<rt></rt></ruby>ですか。→あれは辞書<ruby>じしょ<rt></rt></ruby>です。（那是什麼呢？→那是字典。）

由上可知，日文指示詞為三分法的前提是基於說話雙方的相對位置，當這個東西離自己近、離對方遠時用「これ」；當這個東西離對方近、離自己遠時用「それ」；當這個東西不在說話雙方的範圍時則用「あれ」。

(4) ゴキブリ、そっち行ったよ！（蟑螂，到你那去了喔！）

(5) ゴキブリ、あっち行ったよ！（蟑螂，到那邊去了喔！）

（4）、（5）兩個例句哪個情況恐怖呢？當然是（4）吧！這樣各位就可知道，光用距離區分，是無法分清楚的。不妨將「そ」開頭的相關指示詞，記成「你那邊」。開始的「× もしもし、あちらは木村さんのお宅ですか」這句話，問題就出在這裡：打電話到木村先生家，此時應說「您那裡是木村先生府上嗎？」也就是應該改成「○ もしもし、そちらは木村さんのお宅ですか」才對。

(6) 「すみません、そこで止めてください」（不好意思，請在那裡停車！）

當說話雙方身處同一位置，以距離的「近・中・遠」來判斷「こ・そ・あ」時，近處為「こ」、中距離即為「そ」、遠處為「あ」；例如搭計程車時，當跟司機說「請在那裡停車」，司機先生就知道此時的「那裡」，指的是不遠的前方，日文用「そこ」來表達。

 ## 進階：指示的人事物「不存在於現場」時

進階時，要學的是「不存在於現場」的，也就是對話中的人事物如何「指示」。各位知道以下這則對話中，「あの先生」「それ」「この話」的「こ・そ・あ」如何區分嗎？

(7) A：きのう、佐藤先生と飲みに行ったんですよ。

（昨天我和佐藤老師去喝一杯呢！）

B：あの先生はやめるらしいですよ。 （那位老師好像要辭職了喔！）

A：えっ、それはほんとうですか。 （什麼！那是真的嗎？）

B：ええ、でも、この話はしばらく生徒に言わないでくださいね。

（是的。不過，這件事暫時不要跟學生說唷！）

　　只要掌握「こ・そ・あ」的基本用法，腦筋轉一下應該就懂了：說話者知道但對方不知道的事用「こ」；對方知道但自己不知道的事用「そ」；兩個人都知道的事則用「あ」。也就是「あの先生」是 A、B 都認識的老師，所以用「あ」；但是這個消息 A 知道、B 不知道，所以 A 用「こ」、B 用「そ」。

(8) 「佐藤さんという人は同級生です。この人はおもしろいですよ。」

（佐藤這個人是我的同學。這個人很有趣喔！）

(9) A：佐藤さんを知っていますか。 （你認識佐藤先生嗎？）

B：いいえ、その人は誰ですか。 （不認識，那個人是誰？）

(10) A：佐藤さんを知っていますか。 （你認識佐藤先生嗎？）

B：ええ、あの人はおもしろいですね。 （認識，那個人很有意思耶！）

　　例句（8）的佐藤是說話者的同學，說話者說的「この人」，就意味著這個人對方並不認識。例句（9）中，A 提到的佐藤，B 並不認識，所以 B 提到佐藤時說「その〜」。例句（10）裡的佐藤，A、B 兩個人都認識，因此 B 提到佐藤時用「あの〜」。

「あの人」是「那個人」還是「他」？

(11) **あの人は誰ですか。**（那個人是誰呀？）

　　* 此時的「あの人」為遠處的人。

(12) **あの人はずるいですよ。**（那個人／他很狡猾喔！）

　　* 此時的「あの人」為雙方共同認識的人。

　　各位不知道有沒有注意到「あの人」這個字。基於指示詞的基本概念，一般都將「あの人」翻譯為「那個人」，也就是指的是遠處的人。但是基於進階的指示詞概念，「あの人」也能用來指說話雙方都認識的人，此時中文翻譯為「他（她）」也是正確的。這也是為什麼日文的「彼」（他）、「彼女」（她）沒有常出現的原因，因為對話中的雙方認識的第三人，用「あの人」來表示就可以了。

練習看看　請選出最適合的選項

1. 「もしもし、[こちら／そちら／あちら] は佐藤です。」（喂，我是佐藤。）
2. A：課長、[こんなに／そんなに／あんなに] 飲んで大丈夫ですか。
　　（課長，喝那麼多沒關係嗎？）

　　B：[この／その／あの] くらい大丈夫だよ。さあ、飲もう。
　　（這一點點沒關係啦！來，喝吧！）

3. A：きのう佐藤に会ったんだけど、[こいつ／そいつ／あいつ]
　　相変わらず元気だったよ。（昨天遇見佐藤，那傢伙還是一樣有精神喔！）

　　B：[こいつ／そいつ／あいつ] は本当に元気だね。
　　（那傢伙真的是很有精神耶！）

4. A：日本語が上手ですね。（你日文很好耶！）

　　B：[こんな／そんな／あんな] ことありません。（沒那回事。）

A:「その黒いの、何？」

B:「あっ、これ？ゴキブリ！」

那個黑的是什麼？

啊，這個？ 蟑螂！

あそこが今回の地震で大きな被害があった場所です。

那裡是在這次地震中的重災區。

すみません、そこにあるボール、投げ返してもらえませんか。

不好意思，在那裡的那顆球，請你幫我丟回來好嗎？

A:「あの母犬、赤ちゃん産んだって」

B:「それはビッグニュース！」

聽說那隻母狗生寶寶了。

那真是個大新聞！

今でもあいつのことが好きなんだったら、別れてもいいんだよ。

如果你現在還喜歡著他的話，那我們分手沒關係！

A:「こんなに勉強したのに、またダメだった！」

B:「そんなに勉強した？」

明明這麼認真，還是不行呀！

你有那麼認真嗎？

A:「その話初めて聞いたよ」

B:「これは二人だけの秘密だからな！」

那件事我第一次聽到喔！

因為這是兩個人的祕密呀！

あ、あそこにタクシーが ＿？＿。

いる ⚔ ある

難易度 💎 💎 💎

正解

あ、あそこにタクシーがいる。

見～鬼～啦～～老師！ 計程車是生物嗎！？ 為什麼不是說成「あそこにタクシーがある」呢？

什麼！ 不要緊張，怎麼可能，我來看看。唉，原來是這句話呀？ 其實這句話沒問題，真的會～動～！

教室に 机 がある VS. 教室に 先生がいる

老師！ 我記得有生命的要用「いる」，沒有生命的要用「ある」，沒錯吧？

沒錯，這是最基本的概念，大家應該都知道。表示存在的「ある」、「いる」這兩個動詞中文常翻譯為「有」、「在」。兩者的差異常以「生物」、「非生物」來區分，不過由於「植物」雖為生物，但應使用「ある」。老師建議這樣子記：「ある」用於表示「物品」、「植物」之存在；「いる」用於表示「人」、「動物」之存在。

(1) 教室に 机が あります。（教室裡有桌子。）

(2) 教室に 先生が います。（教室裡有老師。）

(3) 庭に 木が あります。（院子裡有樹。）

(4) 庭に 犬が います。（院子裡有狗。）

 ## お皿の上に魚がある VS. 水槽の中に魚がいる

老師！ 那……如果是我愛吃的烤魚呢？ 要用「ある」還是「いる」呀！

問得好！ 要看你問的是……生前還是死後了。如果是活生生的魚，當然是用「いる」；如果已經是桌上的佳餚了，那就要用「ある」。這也就是為什麼基本上會用生命有無來區分了。

(5) お皿の 上に 魚が あります。（盤子上有魚。）

(6) 水槽の 中に 魚が います。（水族箱裡有魚。）

 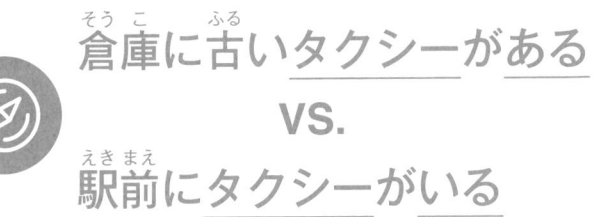

老師，到這裡我都懂，可是計程車是物體、也不是活的。我還是不知道為什麼計程車會加「いる」呀？

前面老師不是說過「ある」用於表示「物品」、「植物」之存在；「いる」用於表示「人」、「動物」之存在嗎？「物品」和「植物」、「人」和「動物」，這兩者的差異在於會動和不會動。「タクシー」雖然不是人、也不是動物，但是交通工具是一種能「動」的東西，如果這個時候再加上個司機在車上，隨時能夠移動的車輛的存在，意味著司機的存在，使用「いる」就不奇怪了。不過要注意的是，使用「ある」也沒錯喔！ 如下：

(7) ○ 倉庫に 古いタクシーが ある。（倉庫裡有舊計程車。）

(8) ○ 駅前に タクシーが いる。（車站前有計程車。）

倉庫裡的舊計程車，如果說話者用了「ある」，表示說話者覺得被丟在舊倉庫裡的計程車，與其說是「交通工具」還不如說是大型廢棄物，所以就選了「ある」來表達囉！

　　除了上面的區分方法外，以下這些的句子也很常看到喔！太陽不會動，但相對於我們，我們會覺得太陽在動。神像是物品，但我們覺得神具有神力。甚至是電玩、電影裡常見的活屍，也都是相關的用法。這些「擬人」的用法也一併記住吧！

(9) 頭の真上に太陽がいます。（頭頂正上方有太陽。）

(10) こちらにお地蔵さんがいます。（這裡有尊地藏菩薩。）

(11) 下にゾンビがいます。（下面有活屍。）

下面這個「〇」「✕」練習，是為了讓大家能更具體瞭解老師的說明，在實際使用上並非鐵則，請練習看看！

1. (　　　) 二二八平和公園に蒸気機関車がある。

（二二八和平紀念公園有蒸氣火車頭。）

2. (　　　) 二二八平和公園に蒸気機関車がいる。

（二二八和平紀念公園有蒸氣火車頭。）

3. (　　　) 二番線に通過待ちの電車がいる。

（二號月台有待避列車。）

4. (　　　) 淡江大学に古い飛行機がある

（淡江大學裡有舊飛機。）

5. (　　　) 淡江大学に古い飛行機がいる。

（淡江大學裡有舊飛機。）

6. (　　　) 滑走路に飛行機がいる。

（跑道上有飛機。）

7. (　　　) 私の家にはお手伝いロボットがいる。

（我家有幫傭機器人。）

8. (　　　) 自動車工場には、たくさんのロボットがある。

（汽車工廠有許多機械手臂。）

冷蔵庫に卵が３つある。

冰箱裡有三顆蛋。

卵の中にいるひなが動いている。

蛋裡面的小雞在動。

隣の肉屋には、牛や豚はあるが、羊はない。

隔壁的肉舖裡，有牛肉、豬肉，沒有羊肉。

ニュージーランドには羊がたくさんいる。

在紐西蘭有很多羊。

駅前に放置されたままのオートバイがかなりある。

車站前有很多放置不管的摩托車。

駅に着いたら、会場行きのオートバイがいるから、それに乗って！

到了車站，有往會場的摩托車，就坐那個！

あのアーティストの作品には、魂があるね。

那個藝術家的作品裡帶有靈魂呀！

この家に死んだ父親の霊魂がいるなんて、僕は全く信じていない。

這個家裡有死去父親的靈魂什麼的，我完全不信。

私たちの身の回りには、目に見えない微生物がうようよいる。

我們的身邊有肉眼看不到的微生物緩緩動著。

自然界に大きな力や知恵があることからすると、神はいるのかもしれない。

從自然界裡存在著巨大的力量與智慧來看，神說不定是存在的。

教室 ＿？＿、授業があり ますよ。

きょうしつ じゅぎょう

で　⚔　に

難易度 💎 💎 💎　🎧 11

難以忽視的存「在」感『に VS. で』

正解

教室で、授業がありますよ。

「老師，『あります』表示存在，所以地點後面要加
『に』沒錯吧？」

沒錯……是沒錯啦，但是……唉呀，看起來接下來我有得忙了！

 ## 地點に物があります

「に」的功能很多，不過我們先著重在「地點＋に」這個用法。大家第一次學到表示存在的句型，就是這個「地點＋に～あります」。大家也都很清楚「あります」句裡的地點名詞後應該加上「に」，構成「地點に 物品が あります」，此時的「に」，表示的是物品存在的位置。

(1) 教室に机があります。（教室裡有桌子。）

(2) 机の上にペンがあります。（桌上有筆。）

 地點で事があります

接下來，請先看下面兩個例句，「食べます」、「見ます」是表示動作的動詞，所以地點後加上「で」表示動作發生的場所當然正確。可是，為什麼表示狀態的「あります」前面也會出現「で」呢？

(3) 社員食堂で昼ご飯を食べます。 （在員工餐廳吃午飯。）

(4) 映画館で映画を見ます。 （在電影院看電影。）

關鍵在於句子的主詞為何，也就是「～が」這個結構。如果是「机」（桌子）、「いす」（椅子）等物品名詞，當然要加上「に」表示物品存在的位置。如果是「授業」（上課）的話呢？「授業」是名詞，但不是一個東西，而是一件事情，也就是表「事」的名詞。既然是表「事」的名詞，雖然詞性上不是動詞，但字義上卻帶有動作。所以此時的地點名詞後要加上表示動作發生的場所的「で」才正確。

(5) 教室に机やいすがあります。 （教室裡有桌子和椅子。）

(6) 教室で日本語の授業があります。 （教室裡有日文課。）

「喔～，老師，原來這麼簡單呀！以前的老師都不說～」

別氣別氣，其實這個概念在初學時都會學到的。只是對於初學者來說，要區分表事或表物的名詞不是這麼簡單，所以大多會解釋為「あります」有「舉行」「發生」的意思。例如下面這兩個句子，大家應該就不陌生了。由於「あります」畢竟不是動作性動詞，此時的「で」並不是典型的動作發生的場所，老師建議把「地點で事があります」這個句型的「で」記為表示「範圍」的「で」。

(7) 京都で祇園祭があります。 （在京都有祇園祭。）

(8) 仙台で大きな地震がありました。 （在仙台發生了大地震。）

 ## 「～の中で」VS.「～の中に」

　　「老師，我其實還有個問題。就是『～の中で』和『～の中に』我不太會分耶！你就好人做到底，順便解說一下唄～」

(9) 教室の中で勉強しています。（在教室裡讀書。）

(10) 教室の中に先生と学生がいます。（在教室裡有老師和學生。）

　　咳、咳，這樣要兩倍學費吧！如果是像上面這兩句話，一個是動作發生的場所的「で」、一個是存在位置的「に」應該不會分不出來。所以我想你的問題應該是下面這幾句話吧？

(11) 日本語の雑誌の中で、『EZ Japan』が一番面白いです。

　　（日文雜誌中，《EZ Japan》最好看。）

(12) 家族の中で、兄が一番背が高いです。

　　（家人中，哥哥最高。）

　　請先注意，「雑誌の中で」「果物の中で」裡的「雑誌」「果物」都不是地點，句尾也沒有動詞，自然不是表示動作發生的場所。這一類表示「比較」句型裡的「で」，應該解釋為「範圍」才合理。再比較一下以下例句，就可知道地點名詞也能用來表示範圍（例句14），物品名詞也能當作位置（例句15）。

(13) 冷蔵庫の中に牛乳があります。（冰箱裡有牛奶。）

(14) 今、お宅の冷蔵庫の中で一番多いものは何ですか。

　　（現在您家的冰箱裡最多的是什麼？）

(15) 果物の中に小さな虫が入っています。（水果裡有小蟲。）

(16) 果物の中でりんごが一番好きです。（水果當中我最喜歡蘋果。）

猜猜看，哪句是對的？

(A) かばんを電車の中に落としてしまいました。

(B) かばんを電車の中で落としてしまいました。

答案是兩者皆是。「電車の中に」表示物品存在的位置，「電車の中で」表示動作發生的場所。而「電車の中」可以是「かばん」的位置，也可以是「落とす」這個動作發生的場所，因此兩個句子都正確。翻譯上（A）可以說成「把包包弄丟在電車裡」，（B）則是「在電車裡弄丟了包包」。

練習看看　請圈出適合的選項

1. 田中君、教室の前 [に / で] 立ってください。

2. きのう近所 [に / で] 火事がありました。

3. 台湾で食べられる果物の中 [に / で]、「ライチ」という
   日本にないものがあります。

4. 高速道路 [に / で] 玉突き事故が起こりました。

5. 本を本棚 [に / で] 並べます。

6. 今朝合歓山 [に / で] 雪が降りました。

１９　９９年９月２１日に台湾で大地震がありました。

1999 年 9 月 21 日，在台灣發生了大地震。

かばんの中にいつもスマホと缶コーヒーがあります。

包包裡隨時都有智慧型手機和罐裝咖啡。

台湾には、富士山より高い玉山があります。

在台灣，有比富士山高的玉山。

７月、８月には東部で原住民の豊年祭があります。

7、8 月，在東部有原住民的豐年祭。

果物の中で一番好きなのはマンゴーです。

水果中，最喜歡的是芒果。

家の前に新しいマンションが建てられます。

新的住宅大樓要蓋在我家前面。

家の前で新しいマンションが建てられています。

我家前面正在蓋新的住宅大樓。

近所のスーパーに焼きたてパンの試食コーナーがあります。

附近的超市有剛出爐的麵包試吃區。

子どものときに海で泳いだことがないので、海には恐怖感を覚え
ます。

小時候沒在海裡游過泳，所以對於海感到恐懼。

日本へ行って、ガイドブックに載っている寿司屋で寿司を思う存
分食べたい。

我想去日本，在旅遊指南書上介紹的壽司店好好大吃一頓壽司。

芸人の納豆は姚明　？

背が高くないです。

ROCKET
11

ほど　⚔　より

難易度 ◇◇◇　　🎧 13

正解

芸人の納豆は姚明より 背が高くないです。

這的確非常非常緊急！「芸人の納豆は姚明ほど背が高くないです」這句話太可怕了！老師身為優秀藝人納豆的高中學長，這種事更要出面。不好好處理的話，可是會有另外一個「林來瘋」出現在 NBA 場上！（因為可愛的納豆也姓林喔！）

 「A は B より〜」（A 比 B〜）

(1) 姚明は王建民より背が高いです。

（姚明比王建民高。）

(2) 姚明は芸人の納豆より背が高いです。

（姚明比搞笑藝人納豆高。）

　　「A は B より〜」（A 比 B〜）是基本的「比較」句型，此時各位只要記住兩個原則，意思就不會混淆、話就不會說錯。第一、「より」是「助詞」，所以要加在名詞之後；第二、「A」是主詞，「B」只是比較的基準點。

 **「ＡはＢほど〜ない」（Ａ沒有Ｂ〜）**

(3) 王建民は姚明ほど背が高くないです。
<small>ワンチェンミン　ヤオミン　　　せ　たか</small>

（王建民沒有姚明高。）

(4) 林書豪は姚明ほど背が高くないです。
<small>ジェレミー・リン　ヤオミン　　　せ　たか</small>

（林書豪沒有姚明高。）

　　當「比較句」最後為否定時，「ＡはＢより〜」（Ａ比Ｂ〜）這個用法就不適當了，為什麼呢？各位可以試想一下：「✕兄は私より頭が大きくない」這句話是什麼意思，「哥哥比我頭不大」嗎？所以，此時就會使用到另一個「比較」句型：「ＡはＢほど〜ない」（Ａ沒有Ｂ〜）。因此各位只要記住「比較句」如果句尾是否定語尾「〜ない」，就要改成「ＡはＢほど〜ない」這個說法比較恰當。

 芸人の納豆は五月天の阿信ほど
<small>げいにん　なっとう　メイデイ　アシン</small>
背が高くないです。（？）
<small>せ　たか</small>

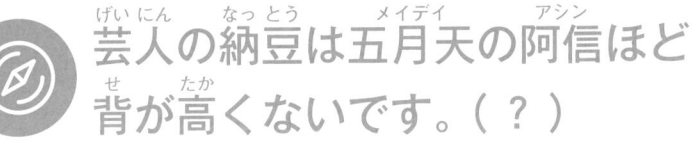

　　問題其實不是出在納豆，而是「ＡはＢほど〜ない」這個句型其實是有使用上的限制。使用這個句型的前提是，兩者接近、而且程度都很高。阿信身高約一百八，在台灣應該算是高個子的男生了；納豆身高近一百六，是嬌小型的男生。所以要表達兩者身高的不同，就必須捨棄「ＡはＢほど〜ない」這個句型，改以「ＡはＢより〜」這個句型表達。

(5) 五月天の阿信は芸人の納豆より背が高いです。

（五月天的阿信比搞笑藝人納豆高。）

(6) 芸人の納豆は五月天の阿信より背が低いです。

（搞笑藝人納豆比五月天的阿信矮。）

 台湾の芸人の納豆は日本の俳優の濱田岳ほど背が高くないです。（？）

　　老師，我知道了，問題出在兩個人身高差太多了，那如果我用「ＡはＢほど～ない」這個句型，比較納豆和我喜歡的另一個日本演員濱田岳，總可以了吧？

　　濱田岳？ 老師幫你查一下，原來是求婚大作戰裡面那個小鶴呀！ 在所屬事務所的資料中，他的身高是一百六，的確和近一百六的納豆接近，但……還是不行！ 因為雖然接近，但是兩個人都不能算是「背が高い」的人呀！ 不過，「濱田岳は納豆ほど背が低くないです」（濱田岳沒有納豆矮）倒是可以接受啦。

　　依 NBA 官方資料，移動長城──姚明身高 229 公分、Linsanity──林書豪身高 191 公分；依 MLB 官方資料，台灣之光──王建民身高為 193 公分。三人中的任何一人，跟一般人站在一起，絕對是鶴立雞群。所以使用「ＡはＢほど～ない」這個句型來比較他們的身高差異都很適合，不過老師最喜歡的是「林書豪は王建民ほど背が高くないです」這個說法。因為這個說法不只表達出兩人身高都很高，更表達了兩個人的身高沒有很大的差異，所以絕對是最典型的表達。

練習看看

請將下列句子翻成日文看看

a. 哥哥日文比我好。 _____

b. 今天比昨天熱。 _____

c. 我日文沒有哥哥好。 _____

d. 昨天沒有今天熱。 _____

最後老師考考各位，非洲象和亞洲象誰比較大呢？白犀牛和黑犀牛誰比較大呢？之前討論了瞎子摸象，這一次出現了大象和犀牛。再這樣下去老師快變園長了……

アフリカゾウ（非洲象）VS. アジアゾウ（亞洲象）

シロサイ（白犀牛）VS. クロサイ（黑犀牛）

e. 亞洲象沒有非洲象大。 _____

f. 黑犀牛沒有白犀牛大。 _____

g. 大象比老鼠大。 _____

h. 老鼠比貓小。 _____

日本は台湾より物価が高い。

日本比台灣物價高。

兄は弟ほど背が高くない。

哥哥沒有弟弟高。

今年の冬は去年ほど寒くないね。

今年冬天沒有去年冷耶！

うちの犬は、僕よりたくさんごはんを食べる。

我家的狗，比我還會吃飯。

今回の日本語能力試験は、去年ほど難しくなかった。

這一次的日語能力測驗沒有去年難。

国内線格安航空券は、高速バスより料金が安いこともある。

國內線的特價機票價錢有時會比國道客運還便宜。

台湾は九州ほど大きくないが、九州は北海道より面積が小さい。

台灣沒有九州大，不過九州面積比北海道小。

ラーメンは好きだけど、寿司ほどではないなあ。

拉麵我雖然喜歡，不過沒有壽司喜歡呀！

富士山は形は美しいが、玉山ほど高くない。

富士山形狀雖然美麗，但是沒有玉山高。

大島君は新聞配達をしているので、ニワトリよりも早く起きるらしい。

大島同學因為在送報，所以好像比雞還要早起。

Quiz 8　日本人回到家的時候會說「我回來了」。

日本人(にほんじん)は家(いえ)へ ＿？＿ とき、「ただいま」と言(い)います。

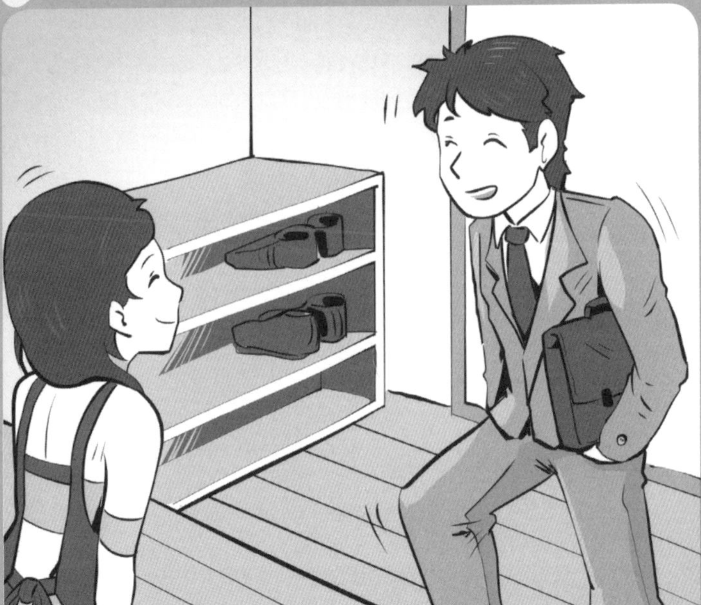

帰(かえ)った ✕ **帰(かえ)る**

難易度 ◆◆◇

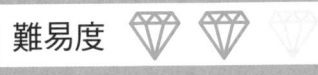

15

正解

日本人は家へ帰ったとき、
「ただいま」と言います。

老師，為什麼說「日本人は家へ帰るとき『ただいま』と言います。」不行？回家的時候不是說「ただいま」嗎？啊，還是我弄錯了，應該說「おかえり」才對？

千萬不要！蠟筆小新每次回家都被他媽媽捏，就是因為他回家時沒有說「ただいま」（我回來了），而是說「おかえり」（你回來了），所以你可不要衝動呀！問題不是「我回來了」還是「你回來了」，冷靜一下，想想問題到底出在哪裡。

字典形＋とき VS. た形＋とき

(1) 日本へ行くとき、お土産を買いました。

(2) 日本へ行ったとき、お土産を買いました。

　　先比較一下上面這兩句話有什麼不同吧！句子中唯一的差異是「～行くとき」和「～行ったとき」這個部分，也就是問題在於「字典形＋とき」與「た形＋とき」之差異。「～とき」這個句型用來表示某個動作進行的時間，在這組例句中，指的是「買禮物」這個行為的發生時間。字典形和た形的差異則是動作發生與否，所以「～行くとき」指的是人未到日本時，「行ったとき」指的是人已到日本時。因此「日本へ行くとき、お土産を買いました」這句話是「要去日本時，買了禮物」；「日本へ行ったとき、お土産を買いました」這句話則是「去了日本時，買了禮物」。前者買的也許是去日本

找朋友時的伴手禮，後者買的大概是要送台灣親友的禮物。

× 日本人は家へ帰るとき、「ただいま」と言います。

○ 日本人は家へ帰ったとき、「ただいま」と言います。

（日本人回到家時會說「ただいま」）

這樣子懂了吧？問題在於是「回到家時」（家へ帰ったとき）才會說「我回來了」，而不是「要回家時」（家へ帰るとき）。那麼，日本人出門時會怎麼說呢？應該懂了吧！

○ 日本人は出かけるとき、「いってきます」と言います。

（日本人出門時會說「いってきます」）

× 日本人は出かけたとき、「いってきます」と言います。

 ## 過去和未來的分界點：說話時間點

日本へ行くとき、お土産を買います。

日本へ行くとき、お土産を買いました。

接著，換老師來考考大家了！上面這兩句話有什麼不同呢？各位應該注意到了，一句是「～ます」結尾，一句是「～ました」結尾，顯然，問題在於時間上的「過去」與否。「過去」與「未來」的分界點在哪裡呢？就是說話的時間點。動作在說話前已發生，句子用過去形「～ました」；動作在說話後才會發生，句子就用表示未來會發生的「～ます」。所以「日本へ行くとき、お土産を買います」這句話是「要去日本時，要買禮物」；「日本へ行くとき、お土産を買いました」這句話是「要去日本時，買了禮物」。

日本へ行ったとき、お土産を買います。

（到日本時要買禮物。）

日本へ行ったとき、お土産を買いました。

（到日本時買了禮物。）

 ## 說話時間點 VS. 動作時間點

上頁兩句話分得出來吧！ 接著，除了說話的時間點外，也可以注意一下動作的時間點。

A. きのう、ラーメンを食べ ました。

昨天吃了拉麵。（「きのう」是「ラーメンを食べ〜」的時間）

B. あした、ステーキを食べ ます。

明天要吃牛排。（「あした」是「ステーキを食べ〜」的時間）

一個動詞句子，有兩個時間？ 聽起來有點玄，不過思考一下應該可以了解。上面兩個句子裡，吃拉麵的時間是昨天、吃牛排的時間是明天，說話的時間則是今天（現在）。因為吃拉麵（ラーメンを食べ〜）這個動作在說話前發生，所以用「〜ました」；吃牛排（ステーキを食べ〜）這個動作在說話後發生，所以用「〜ます」。

練習看看 請圈出適合的選項

1. 日本へ［行く／行った］とき、羽田空港で林さんに会いました。

2. 部屋を［出る／出た］とき、電気を消してください。

3. 朝、人に［会う／会った］とき「おはよう」と言います。

4. ご飯を［食べる／食べた］とき、「ごちそうさま」と言います。

日本へ留学に行くとき、大同電気鍋を買いました。

要去日本留學時，買了大同電鍋。

日本へ留学に行ったとき、大同電気鍋で料理を作ります。

去日本留學時，要用大同電鍋做菜。

昨晩寝るとき、目覚まし時計を7時にセットしました。

昨天晚上要睡覺時，把鬧鐘設在七點。

朝起きたときもう10時半だったので、今日は学校を休みます。

早上起床時已經十點半了，所以今天不去學校。

来年日本のサブカルチャーを研究するとき、東京の姉妹校に一ヶ月行きます。

明年要研究日本次文化時，會去東京的姊妹校一個月。

交換留学生として日本へ行ったとき、九州の大学で1年間勉強しました。

以交換留學生身分去日本時，在九州的大學念了一年。

次に東京へ行ったときは、築地市場で寿司を食べたいと思います。

下次去到日本時，我想在築地市場吃壽司。

こんど君と会えたとき、どうしても伝えておきたいことがあるんだ。

下次和你碰到面時，有些事一定要告訴你。

台湾では、出会ったときに「ご飯食べた？」とあいさつする人もいます。

在台灣，有些人見面時會問候「吃飽了沒？」

京都では、感謝するとき「おおきに」という方言を使うことがあります。

在京都，要表示感謝時有時會說「おおきに」這個方言。

大学を卒業 ＿？＿ 、日本に 留学しようと思います。

してから ✕ した後で

難易度 ◇ ◇ ◇

正解

大学を卒業してから、
日本に留学しようと思います。

老師，我的作文老師說我「大学を卒業した後で、日本に留学しようと思います。」這句話不對，可是我怎麼想都覺得沒錯呀？

呀，有點複雜，老師來說明一下吧！

📄 た形＋後で VS. 字典形＋前に

(1) 勉強した後で、テレビを見ます。

（讀書之後要看電視。）

(2) テレビを見る前に、勉強します。

（看電視前要讀書。）

　　動詞た形之後加上「後で」用來表示先後順序，因此「た形＋後で」這個句型常翻譯為「～之後」，學習的時候常和「字典形＋前に」（～之前）一起記憶，例句（1）、（2）就符合這兩個用法。但是比較一下例句（3）、（4），各位會發現例句（4）並不恰當，為什麼呢？

(3) 食事をした後で、コーヒーを飲みます。

（飯後要喝咖啡。）

(4) ✕ コーヒーを飲む前に、食事をします。

（✕ 喝咖啡前要吃飯。）

　　這是因為「た形＋後で」這個句型單純表示動作的先後關係，「字典形＋前に」則有「後者必須先完成」的意思。「吃飯」一般來說並不是「喝咖啡」這個行為的要件，所以用「～前に」強調哪一個動作必須先做反而不恰當。

字典形＋前に VS. て形＋から

(5) この薬を飲む前に、何か食べてください。

（吃這個藥之前，請吃點東西。）

(6) 何か食べてから、この薬を飲んでください。

（吃點東西之後再吃這個藥。）

　　那麼，「字典形＋前に」的相對用法是什麼呢？其實是「て形＋から」這個句型。「て形＋から」強調前一個動作進行完畢後才進行下一個動作，常翻譯為「先～再～」或「～之後」。

 # て形＋から VS. た形＋後で

(7) 田中さんが帰ってから、山田さんが来ました。

（田中先生回去之後山田先生來了。）

(8) 田中さんが帰った後で、山田さんが来ました。

（田中先生回去之後山田先生來了。）

接下來要進入重點囉！ 大家應該知道問題在哪裡了，就是「て形＋から」和 「た形＋後で」的差異。不過在找出差異之前，我們先找出相同之處。如果前後兩個動作無關、單純表示順序時，兩句話幾無差異，也就是例句（7）、（8）不需刻意區分。那麼（9）、（10）呢？

(9) ○ 歯をみがいてから寝なさい。

（刷牙後再睡！）

(10) △ 歯をみがいた後で寝なさい。

如果前後兩個動作本身就具有關聯性的話，使用「～てから」來表達先後較為恰當，例如「刷牙」可視為「睡覺」的預備動作之一，因此用「～てから」來連接較恰當。也就是如果要表達「大學畢業之後，想去日本留學」這句話時，應用「～てから」表達「畢業」和「留學」之間的必然關係（先畢業再留學）較恰當。

(11) ○ 大学を卒業してから、日本に留学しようと思います。

(12) △ 大学を卒業した後で、日本に留学しようと思います。

練習看看 請選出不恰當的句子（提示：答案共有 3 個）

1. 結婚之後，取得了駕照。

    A（   ）結婚してから運転免許を取りました。

    B（   ）結婚した後で運転免許を取りました。

2. 來日本之後三年了。

    A（   ）日本へ来てから 3 年になります。

    B（   ）日本へ来た後で 3 年になります。

3. 敲門之後進房間。

    A（   ）ドアをノックしてから、部屋に入ります。

    B（   ）ドアをノックした後で、部屋に入ります。

4. 我想要存了錢之後去旅行。

    A（   ）お金をためてから、旅行に行こうと思っています。

    B（   ）お金をためた後で、旅行に行こうと思っています。

旅行へ出かける前に、レポートを提出しておきます。

去旅行前要先交報告。

レポートを提出した後で、友人と旅行に出かけました。

交報告後，和朋友去了旅行。

旅行に出かけてから、レポート提出先が間違っていたことに気づきました。

旅行之後，發現搞錯交報告的地方了。

毎朝仕事へ行く前に、ジョギングをするのが日課です。

每天早上上班前慢跑，是我每天必做的事。

ジョギングをした後で、シャワーを浴びるのは最高の気分です。

慢跑之後沖個澡，是最舒服的。

シャワーを浴びてから、朝ごはんを食べ、8時にうちを出ました。

沖澡之後吃早飯，八點出門。

結婚する前に、独身生活を満喫するつもりだったのに、婚期を逃しました。

本來打算結婚之前好好享受單身生活，結果錯過了婚期。

結婚した後で、独身のように自由勝手な生活をするなら、相手に失礼です。

如果結婚之後還是要過著單身般自由任性的生活，對另一半就太失禮了。

家を買って、準備が整ってから、彼女にプロポーズしようと思っています。

買房子、一切都準備就緒後，想要跟女朋友求婚。

この薬の服用は、ご飯を食べる前でも、食べた後でも大丈夫なんだそうです。

聽說這個藥飯前吃、飯後吃都沒關係。

ケンちゃん、ママが帰ってくる ＿？＿ 掃除しなさい。

までに ✕ まで

難易度 💎 💎 💎

正解

ケンちゃん、ママが帰って<ruby>くるまでに掃除しなさい。

くるまでに掃<rt>そう</rt>除<rt>じ</rt>しなさい。

> 老師，說「ママが帰ってくるまで掃除しなさい。」有什麼不對嗎？ 為什麼ケンちゃん那麼緊張呢？

> 我覺得這樣已經構成不當管教，嚴重一點都快變家暴了，趕快處理，不然老師要打 113 了！

💾 まで→「終點」

(1) 東京から大阪まで新幹線でどのぐらいかかりますか。

（從東京到大阪搭新幹線要花多久呢？）

(2) 1 時から 3 時まで勉強します。

（從一點讀書到三點。）

　　「まで」表示終點，初學時常和表示起點的「から」配合，前面加上時間名詞或是地點名詞，用來表示時間、地點的起點與終點。不過，隨著句子難度的增加，大家應該會慢慢看到「まで」之前會出現動詞常體，雖然連接的詞彙不同，各位只要掌握「終點」這個概念，翻譯上也不至於錯誤。

(3) バスが来るまで、ここで待ちましょう。

（在這裡等到公車來吧！）

(4) 父が帰ってくるまで、テレビを見ました。

（看電視看到父親回家。）

 までに→「期限」

(5) 金曜日までに、レポートを出してください。

（請在星期五以前交報告。）

(6) あした朝8時までに、ここに集合してください。

（明天早上八點前請在這裡集合。）

　　「までに」表示「期限」，初學時，常常直接翻譯為「之前」。由於和時間表達有關，所以「までに」之前加上時間名詞是最常見的表達。不過前面也能接動詞常體。

(7) 母が帰ってくるまでに、掃除を終わらせました。

（母親回家前把地掃好了。）

(8) ４０歳になるまでに、自分の家を持ちたいです。

（想在四十歲前有一間自己的房子。）

「まで」（終點）＋「に」（時間點）＝「までに」（期限）

(9) 大学を卒業するまでに、日本語能力試験 N1 に合格したいです。

（大學畢業之前想通過日檢一級。）

(10) 国へ帰るまでに、北海道へ旅行に行ってみたいです。

（回國前想去北海道玩一下看看。）

　　好的，接下來進入重點了，為什麼「まで」加上「に」會變成期限呢？這是因為表示終點的「まで」指的是一段時間，表示時間點的「に」則是後面動詞的行為時間，兩者放在一起構成的「までに」則表示在這段時間內的任何一刻進行此行為即可。例如（9）表示到畢業為止的這段期間內的任何一刻通過一級檢定即可，（10）表示回國為止的這段期間內去一次北海道即可。

「まで」＋持續性動作 VS.「までに」＋一次性動作

　　「老師，以上我都懂了，但是我還是不知道什麼時候用『まで』、什麼時候用『までに』呀？」

　　好的，先不急。一般老師上課大概就是講解到這裡為止，所以不懂是很正常的。我們這麼記吧，「まで」後面要加上「持續性動作或狀態」；「までに」後面要接的則是「一次性動作」。

　　這樣大家應該看出來一開始的「健ちゃん、ママが帰ってくるまで掃除しなさい」這句話真正的問題出在哪裡了吧？「掃除します」雖然是可以持續的動作，但是只要打掃乾淨，五分鐘也可以，並沒有「持續」的必要，所以應該用「までに」才恰當。

如果還是要維持「まで」這個部分，也許將「掃除しなさい」改成表示持續的「掃除していなさい」勉強說得過，不過聽起來似乎有一種懲罰的口氣吧！

✕ 健ちゃん、ママが帰ってくるまで、掃除しなさい。

△ 健ちゃん、ママが帰ってくるまで、掃除していなさい。

（小健，掃地掃到我回家為止。）

○ 健ちゃん、ママが帰ってくるまでに、掃除しなさい。

（小健，在我回家前要掃地。）

「〜あいだ」VS.「〜あいだに」

表示「期間」的「〜あいだ」和「〜あいだに」也有類似的差異喔！

・電車に乗っているあいだ、ずっと本を読みました。（持續性動作）

（搭電車期間都在看書。）

・出かけているあいだに、部屋に泥棒が入りました。（一次性動作）

（出門期間小偷進到了房間裡。）

練習看看　請選出適合的選項

1. 仕事が終わる［まで / までに］帰れません。
2. 来週［まで / までに］貸した金を返してください。
3. 夏休みの［あいだ / あいだに］どこへも行きませんでした。
4. 買い物している［あいだ / あいだに］、財布を盗まれてしまいました。

息子はおもちゃを買ってもらうまで泣いていた。

兒子哭到買玩具給他為止。

トイレが見つかるまで、我慢できそうにない。

看起來沒辦法忍耐到找到廁所。

締め切りの日までにレポートを出さないと、不合格になる。

截止日前不交報告就會不及格。

テストは１０時からです。それまで自習していなさい。

考試十點開始。在那之前請自習。

スーパーで買ったアイスクリーム、家に帰るまでに溶けてしまうだろう。

在超市買的冰淇淋，在回到家前就會溶掉吧！

体が動かなくなるまで懸命に働き、ついに家を買ったが、病気で入院した。

拚命工作到身體動不了為止，終於買了房子，但卻因病入院了。

『EZ Japan』で勉強している間、日本語はどんどん上達していた。

用《EZ Japan》學習的期間，日文不斷地進步。

台湾にいる間に、足裏マッサージを勉強しよう。

在台灣期間學學腳底按摩吧！

親が旅行に行っている間、ずっとネットゲームをするつもりだ。

父母旅行期間，我打算一直玩網路遊戲。

家にいる間に、料理を覚えておかないと、留学してから大変だ。

在家期間不先學好做菜的話，留學之後就辛苦了。

あの人はめがねを ？ 、新聞を読みます。

かけて  かけたまま

難易度

正解

あの人はめがねをかけて、

新聞を読みます。
しん ぶん　　　　よ

老師，我要說的是「那個人就這樣帶著眼鏡看報紙」用「めがねをかけたまま」沒錯吧？「まま」不就是用來表示維持原本的狀態嗎？

是沒錯啦！「～まま」的確就是保持原狀，可是舉個例，「彼は死んだまま路上で発見された」這句話不會有點怪怪的嗎？

📄 「た形＋まま」表示維持原狀

「～まま」表示維持原狀，前面的動詞通常是た形，構成「た形＋まま」。前面的動詞為什麼是た形呢？這是因為要維持某一個動作結束後的狀態。先看幾個例句再來想想是什麼樣的「維持原狀」。

(1) コンタクトレンズをつけたまま、寝てしまいました。
ね

（就這樣戴著隱形眼鏡睡著了。）

(2) めがねをかけたまま、プールで泳いでいます。
およ

（就這樣戴著眼鏡在游泳池裡游泳。）

各位先想一想，「コンタクトレンズをつける」（戴隱形眼鏡）和「寝る」（睡覺）、「めがねをかける」（戴眼鏡）和「泳ぐ」（游泳）之間，有沒有什麼特別的關係呢？

 ## 「た形＋まま」表示維持不自然的狀態

比較完了嗎？「コンタクトレンズをつける」和「寝る」……嗯，沒有關係；「めがねをかける」和「泳ぐ」……嗯，還是沒有關係。

也就是說「た形＋まま」表示的維持原狀，其實維持的是一個不自然的狀態，甚至可以說在正常情況下不應該維持的行為。正常情況下，不應該帶著隱形眼鏡睡覺，也不應該帶著一般的眼鏡游泳，因此就會用到「た形＋まま」這個句型。

(3) アイマスクをつけて、寝ました。

（戴著眼罩睡了。）

(4) 水泳ゴーグルをつけて、プールで泳いでいます。

（戴著蛙鏡在游泳池裡游泳。）

反之，若是「アイマスクをつける」（戴眼罩）和「寝る」（睡覺）、「水泳ゴーグルをつける」（戴蛙鏡）和「泳ぐ」（游泳），這些動作之間有他們的關聯性：眼罩的設計就是睡覺用的、蛙鏡的功能就是游泳用的，此時就不需要用到「た形＋まま」這個句型，而是直接用動詞て形，就能表達。

(5) ✕ あの人はめがねをかけたまま、新聞を読みます。

(6) ○ あの人はめがねをかけて、新聞を読みます。

（那個人戴著眼鏡看報紙。）

回到最前面的問題，「めがねをかける」（戴眼鏡）和「新聞を読む」（看報紙）之間，不也存在著「眼鏡是用來閱讀」的關聯性嗎？既然如此，不需要用「た形＋まま」，而是用動詞て形就可以了喔！

「ない形＋まま」
表示維持沒有進行某個動作的狀態

老師另外補充一點，大部分的教材都只提到「た形＋まま」，不過其實有一個類似的說法，連接方式是「ない形＋まま」。

(7) 子どもはおふろから出て、服を着ないまま、テレビを見ています。

（孩子洗完澡出來，就這樣光著身子看電視。）

(8) きのう、電気を消さないまま、寝てしまいました。

（昨天沒關燈就睡著了。）

前面提到，「た形＋まま」裡面的た形，表示維持了一個不應該存在的動作結束後的狀態；相對地，如果要表示維持的狀態是一個「應進行而未進行的動作」（嗚～老師～這句中文會不會太難懂呀！）就可以用動詞的否定形，也就是ない形加上まま，構成「ない形＋まま」。

最後補充一下那個死在路上的問題吧！「死ぬ」（死亡）和「発見される」（被發現）也沒有關係，為什麼「彼は死んだまま路上で発見された」還是覺得怪怪的呢？這是因為「死ぬ」（死亡）是不可逆的，也就是無法回復的事情，就不適合使用。戴眼鏡游泳，我們可以把眼鏡摘下，沒關燈睡覺我們也可以把燈關了再睡，但是死亡是不可逆的，當然也就不適合用「死んだまま」表示這個句子，用「彼が路上で発見された時には、もう死んでいた。」（他在路上被發現時，已經死了）會比較恰當喔！

練習看看 請圈出適合的選項

1. 疲れているようです。あの人は電車で［立って／立ったまま］寝ています。

2. 目が悪くなったので、めがねを［かけて／かけたまま］勉強します。

3. 帽子を［かぶって／かぶったまま］あいさつするのは失礼です。

4. ［立たないで／立たないまま］あいさつしたので、叱られてしまいました。

5. 図書館で借りた本を［読まないで／読まないまま］返してしまいました。

6. コーヒーはいつも砂糖を［入れないで／入れないまま］飲みます。

わからない問題をわからないままにしておくのはよくない。

不懂的問題就放著不懂很不好。

化粧を落とさないまま寝ると、肌のトラブルの原因になるらしい。

不卸妝就睡覺聽說會造成肌膚問題。

ドライブスルーでは、車に乗ったまま買い物ができる。

得來速是可以人在車上就買到東西。

１か月前、友達にこの本を借りたまま返していない。

一個月前就跟朋友借了這本書一直沒有還。

髪を乾かさないまま寝たら、次の日風邪をひいてしまった。

不把頭髮吹乾就睡，結果隔天就感冒了。

窓を開けたままにしておくと、虫が入ってくるので閉めてください。

讓窗戶一直開著的話蟲子會跑進來，請關上。

夏は暑いのでいつもクーラーをつけたまま寝るが、電気代が高くなるのが恐ろしい。

夏天很熱，總是一直開著冷氣睡覺，但很怕電費變貴。

アメリカ人の友達の家へ遊びに行った時、靴を脱がないまま部屋の中に入るのでびっくりした。

去美籍朋友家玩時，因為不用脫鞋直接進到房間裡，嚇了一跳。

子供の頃、肘をついたままごはんを食べるのは行儀が悪いと、親によく怒られたものだ。

小時候常常被父母罵撐著手肘吃飯很沒禮貌。

地球環境保護のため、車のエンジンをかけたままにせず、必要のない時には停止させる「アイドリングストップ運動」が行われている。

為了保護地球環境，正在推行別讓車子的引擎怠速、不需要時關掉引擎的「怠速熄火運動」。

家を買う　？　、お金をためています。

ために　⚔　ように

難易度 💎 💎 💎

正解

家を買うために、お金を ためています。

老師，「家をかうように、お金をためています」有錯嗎？
我這麼努力，為什麼還是買不起房子？

這次我就直接了當地說，你錯了，錯在買不起！

 目的句型「～ために」: 意志動作＋ために

　　「家を買うように、お金をためています」這句話是錯誤的，錯誤的原因是「～よ
うに」用來表示「目的」時，前面不可以接意志動作。

(1) ╳ 家を買うように、お金をためています。

(2) ○ 家を買うために、お金をためています。

　　要修正之前，老師必須先知道你到底想說什麼呢？ 你要買房子對吧？ 好的，就從
這個角度來調整。「家を買う」是意志動作，表示目的時，應該使用「～ために」這個
句型。所以說成「家を買うために、お金をためています」（為了要買房子，我正在存
錢。）才是對的。

(3) パソコンを買_かうために、アルバイトをしています。

（為了買電腦，正在打工。）

(4) 日本_{にほん}の大学_{だいがく}で勉強_{べんきょう}するために、日本語_{にほんご}を習_{なら}っています。

（為了在日本讀大學，正在學日文。）

　　再看一下例句（3）、（4），大家應該慢慢可以掌握這個說法，如果要表達「為了要達成某件事情而做另外一個動作」時，就應該用「～ために」這個句型。

 ## 目的句型「～ように」: 非意志動作＋ように

　　「老師，『～ように』前面不能接意志動作，所以這句話完全不能用『～ように』嗎？」

　　其實也不是完全不能用，而是要調整一下。記得一開始老師說的，問題在於買不起嗎？「買_かう」是意志動作，把「買_かう」變成可能形「買_かえる」，只要一秒鐘，意志動作就變成非意志動作啦！

(5) ○ 家_{いえ}が買_かえるように、お金_{かね}をためています。

（為了買得起房子，正在存錢。）

　　「買_かう」變成「買_かえる」，意思就從「買」變成「買得起」，句子也就形成了「家_{いえ}が買_かえるように、お金_{かね}をためています」句型。不過差異存於「～ように」是表達「為了某件事情能實現，而努力做另外一個動作」。

「非意志動作」：有自他對立的自動詞、可能動詞、動詞否定形

「老師，很難耶！什麼是意志動作、什麼是非意志動作，我不會分啦！」

不會分沒關係，至少掌握「有自他對立的自動詞」「可能動詞」「動詞否定形」這三種最基本的非意志動作就好。

(6) 早く病気が治るように、毎日きちんと薬を飲んでいます。

（為了早點痊癒，每天都好好地吃藥。）

(7) 漢字が読めるように、毎日練習しています。

（為了看得懂漢字，每天練習。）

(8) 電話番号を忘れないように、ノートに書いておきましょう。

（為了不要忘掉電話號碼，先記在筆記本上吧！）

來確認一下吧！例句（6）裡的「治る」表示痊癒，屬於有自他對立的自動詞；例句（7）裡的「読める」是可能動詞；例句（8）裡的「忘れない」則是動詞否定形。因此這三個動詞後面都可以加上「～ように」。

同為目的句型，為什麼「～ように」前面一定要接非意志動作、「～ために」前面則要接意志動作呢？其實這是因為雖然中文都說成「為了」，但是「～ように」表示的是「目標」，「～ために」表示的是「行為」。

「～ように」和「～ために」其實還有一個重要的區分，那就是「～ために」前後的主詞必須相同，「～ように」前後的主詞不一樣也沒關係。換個說法，相對於自己來說，別人的行為，也是非意志動作不是嗎？

✕ 子供が早く起きるために、9時に寝させた。

〇 子供が早く起きるように、9時に寝させた。

（為了小孩早點起床，九點就要他去睡覺）

  練習看看

請判斷以下兩個句子正確與否

1.（　　　）先生の話がよく聞こえるために、前の方に座ります。

2.（　　　）鳥の声をよく聞くように、窓を開けましょう。

請選出正確的動詞

3.（　　　）海外に［行く / 行ける］ために、パスポートを取りました。

4.（　　　）海外に［行く / 行ける］ように、外国語を勉強しています。

請選出正確的目的句型

5.（　　　）6時の電車に乗る［ために / ように］、早く起きました。

6.（　　　）6時の電車に間に合う［ために / ように］、早く起きました。

医者は患者の病気を治すために、最善を尽くしている。

醫生為了治癒病人的疾症，正竭盡全力。

子供がいい大学に入れるように、小さい頃から毎日塾へ行かせている。

希望小孩能上好大學，從小就每天讓他上補習班。

よい一年を迎えるために、日本では年末に大掃除をする。

為了迎接好的一年，在日本年底會大掃除。

外国人にもわかるように、台北の地下鉄では英語のアナウンスがある。

為了外國人也能聽得懂，台北捷運有英文廣播。

風邪をひかないように、外から帰ったら手洗いうがいをしっかりとしましょう。

為了不要感冒，從外面回來之後要好好洗手漱口喔！

あの店のカレーは子供でも食べられるように、少し甘めに味付けがしてある。

那家店的咖哩為了讓小孩也敢吃，弄得稍微甜一點。

日本の桜を見るために、今から飛行機のチケットを予約しておこう。

為了看日本的櫻花，現在就先訂機票吧！

テストの前に困らないように、毎日コツコツと勉強することが大切だ。

為了考試前不要傷腦筋，每天用功讀書很重要。

特売の卵を買うために、スーパーでは朝からたくさんの主婦で行列ができた。

為了買特價的蛋，超市一早就有很多家庭主婦在排隊。

「シニアスマホ」とは、お年寄りでもわかるように、操作が簡単にできるのと、大きな字で表示できるのが特徴だ。

「銀髮族智慧型手機」為了也能讓年長者使用，特徵是能簡單操作和以大字體顯示。

Quiz 13　老師要我明天早點來。

先生 ＿？＿ あした早く ＿？＿ 言いました。

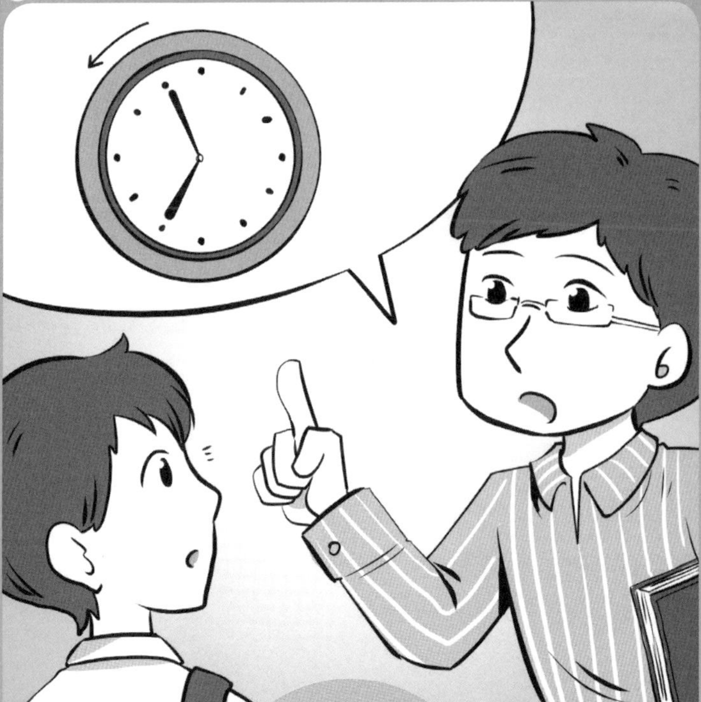

は / 来るように　✕　が / 来てくださいと

難易度

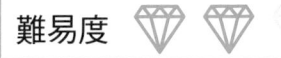

25

正解

先生はあした早く来るように
言いました。

老師，同學跟我說「先生があした早く来てくださいと言いました」這句話，到底是要我同學過去還是我過去啊？

嗯～你同學的這句話的確值得深思，你的老師是要他過去還是你過去呀，我想想……

 ## 直接引用 VS. 間接引用

　　大家都聽過引用句分為直接引用和間接引用吧？但什麼是直接引用、什麼是間接引用，定義起來就有點複雜了。我們先從基本談起吧！

　　「直接引用」最基本的定義就是，將對方所說的內容原封不動地轉述；相對地，「間接引用」則是調整內容後再轉述。

(1) ジョンさんは「相撲をはじめて見ました」と言いました。

（約翰先生說：「我第一次看了相撲。」）

(2) ジョンさんは相撲をはじめて見たと言いました。

（約翰先生說他第一次看了相撲。）

例句（1）「～と言いました」前面接的是敬體，且又有引號，就能知道是原封不動地轉述約翰說的「相撲をはじめて見ました」這句話，是明顯的直接引用。

但因為日文有敬體和常體的區分，引用時通常不太需要保留原句的禮貌語氣，可將敬體改為常體，就成了間接引用。將敬體調整為常體後就成為例句（2），也成了間接引用最基本的方式。

約翰也有可能直接用常體說「相撲をはじめて見た」，此時該如何分辨是直接引用還是間接引用呢？這種情況若加上引號就能讓大家知道這是直接引用，沒有引號就是間接引用！

(3) ジョンさんは「相撲をはじめて見た」と言いました。

（約翰先生說：「我第一次看了相撲。」）

「老師，講話時怎麼加引號呀？」

別擔心，引號是語言變成文字時的輔助工具，如果是兩個人的對話，直接引用和間接引用根本不會影響這句話所表示的事實，何必擔心呢？

老師還是整理一下好了，直接引用的重點在於原封不動，所以引用的內容不限敬體或常體，通常會加上引號，但間接引用的內容則必為常體。

直接引用：「敬體・常體」＋と言う

間接引用：常體＋と言う

再補充一點，如果引用的內容和自己有關，不只敬體變常體，相關的單字也要調整喔！不要笨笨地只改語尾，那會笑掉人家大牙！

(4) 田中さんは「私は明日あなたの家に行きます」と言いました。

（田中先生說：「我明天要去你家。」）

(5) 田中さんは、明日私の家に来ると言いました。

（田中先生說明天要來我家。）

(6) 田中さんは、明日あなたの家に行くと言いました。

（田中先生說明天要去你家。）

例句（4）是直接引用，例句（5）則是間接引用。因為牽涉到你我、來去等相對概念，所以間接引用時不只要把敬體改常體，還要把「あなた」改為「私」、「行く」改成「来る」才正確喔！如果沒有改～就變成例句（6）啦！

 # 「～と言う」VS.「～ように言う」

如果說前面是引用的基本款，接下來就是引用的升級版了。剛剛已經知道，引用時如果牽涉到相對的概念就得小心處理，那麼牽涉到三個人時，不就要更小心嗎？

(7) 先生：A君、明日早く来てください。

（A同學，明天請早點來！）

A君：はい、わかりました。

（是的，我知道了。）

什麼時候會牽涉到三個人呢？如果引用內容跟命令、建議、指示有關的話，就會牽涉到三個人。例如例句（7）是老師對A同學的要求，如果A同學直接引用給B同學的話，就變成例句（8）。可是「～てください」的對象不就變成了B同學了嗎？

(8) Ａ君：先生は「明日早く来てください」と言いました。

（老師說：「你明天要早點來！」）

Ｂ君：（えっ……）はい、わかりました。

（嗯……是的，我知道了。）

這個時候可以搬出我們才剛學過，用來表示目的、希望的句型「～ように」。既然「～ように」前面可以接目的、希望的內容，那麼就把老師希望的內容「明日早く来る」放在前面，後面再加上「言う」，就構成了「～ように言う」這個句型。也就是如果引用的內容屬於命令、建議、指示相關句型，使用「～ように言う」這個間接引用升級版會更精確喔！

(9) Ａ君：先生は明日早く来るように言いました。

（老師說希望明天早點來。）

Ｂ君：そうですか。

（這樣子呀！）

 練習看看 請將以下四句話改為「～ように言う」的間接引用說法

1. 先生は私に「字をもっときれいに書きなさい」と言いました。
（老師跟我說：「把字寫得再漂亮一點！」）

2. お医者さんは田中さんに、「酒を飲まないでください」と注意しました。
（醫生提醒田中先生：「請不要喝酒！」）

3. 母は電話で「早く国へ帰ってきなさい」と言いました。
（母親在電話中說：「早點回國！」）

4. 姉は「学校の帰りに切手を買ってきて！」と頼みました。
（姊姊拜託：「放學回家的路上買郵票回來！」）

妻は結婚する前、「毎日お弁当作ってあげるね」と言っていたが、
作ってくれたのは最初の 3 日だけだった。

太太在婚前跟我說「我每天會為你做便當喔！」但做便當給我只有一開始的三天。

彼に「会いたい」と言ってみたら、「今すぐ会いに行くよ」と言っ
たので、あわてて部屋を掃除した。

試著跟他說了「我想見你」，結果他說「我現在馬上去找你」，所以急忙打掃了房間。

陳さんに日本語を教えてくれと言われたが、どうやって教えたら
いいかよくわからない。

陳先生要我教他日文，但我不太知道怎麼教才好。

日本人の友達は、台北に遊びに来た時わたしの家に泊まらせてほ
しいと言った。

日籍友人說來台北玩的時候想住我家。

先生に、授業中は中国語をしゃべるなと注意された。

被老師提醒上課時不要說中文。

すみませんが、木村さんがお帰りになったら、電話をしてくださ
るように伝えていただけないでしょうか。

不好意思，木村先生回來之後，可不可以請您轉告他請他撥通電話給我呢？

田中さんから、先生が資料を取りに研究室に来るようにおっしゃっ
ていたと聞いたので、取りに来ました。

聽田中同學說老師要我來研究室拿資料，所以我就來拿了。

上司にお花見のため、朝から場所取りをするように言われたが、こ
れも新入社員の仕事の 1 つらしい。

為了要賞櫻，上司要我從早上就去占位子，不過這好像也是新進員工的工作之一。

妻から LINE で、急にケーキが食べたくなったので、帰りに買って
くるように頼まれた。

太太用 LINE 跟我說突然很想吃蛋糕，所以拜託我下班買回去。

82

恋人<ruby>こい<rt></rt></ruby>に　？　、さびしい
です。

<ruby>あ<rt></rt></ruby>会えなくて　✕　<ruby>あ<rt></rt></ruby>会わないで

難易度　◇◇◇

正解

恋人に会えなくて、さびしいです。

老師，和女友見不到面時，會很寂寞對吧？那為什麼我不能說成「恋人に会わないで、さびしいです。」呢？

嗯⋯⋯（沉默三秒）會寂寞沒錯，可是⋯⋯是你自己不見面的呀!!!

 「〜ないで」表示「順序」

斯斯有兩種，動詞ない形的て形也有兩種，一個是「〜ないで」，一個是「〜なくて」。て形的功能眾多，就不一一複習了。不過て形最基本的概念就是「順序」，「〜ないで」就具有這樣的功能。

(1-1) コーヒーは砂糖を入れて飲みます。

（咖啡加糖喝。）

(1-2) コーヒーは砂糖を入れないで飲みます。

（咖啡不加糖喝。）

(2-1) 傘を持って出かけます。

（帶傘出門。）

(2-2) 傘を持たないで出かけます。

（不帶傘出門。）

　　比較一下例句（1-1）（1-2）吧！「加糖喝」要先將「入れます」（放入）變成て形「入れて」，構成「砂糖を入れて飲みます」；「不加糖喝」則是先將「入れます」變成ない形「入れない」再加上「で」，才構成「砂糖を入れないで飲みます」。這個時候是不能說成「砂糖を入れなくて飲みます」的喔！

　　「～ないで」的功能如果說得再精確一點，也許可以用一般文法書上的「狀況說明」一詞。這是因為て形雖可表達順序、手段，但是ない形畢竟是一種「不作為」。既然沒做事，又稱為「順序」、「手段」的確有點怪怪的。但基本上，大致都可以翻譯成「不／沒～（就～）」。

課長は上着を着ないで出て行きました。

（課長沒穿西裝外套就出去了。）

母は包丁を使わないで料理をしました。

（母親沒用菜刀就做了菜。）

　　此外，「～ないで」還能表達相對的動作並列，此時文法書常稱為「對比」或是「二擇一」，中文常翻譯為「不／沒～（而～）」。

日曜日も休まないで働きます。

（星期天也沒休假，而要工作。）

今年の夏休みは山へ行かないで、毎日図書館で勉強していました。

（今年暑假沒去山上，而每天在圖書館讀書。）

「～なくて」表示「因果關係」

動詞ない形如果變成「～なくて」，就用來表示「原因、理由」，特色在於後面通常會接狀態性動詞（包含可能動詞）或是形容詞。更嚴謹一點來說，「～なくて」這個動詞也是以狀態性動詞居多，若是動作性動詞，也一定不是說話者自己的行為。

(3) 彼が来なくて、心配した。

（他沒來，很擔心。）

(4) 手紙が来なくて、悲しいです。

（沒有信來，很傷心。）

(5) パーティーに行けなくて、残念です。

（無法參加宴會，很遺憾。）

好了，這樣知道為什麼「恋人に会わないで、さびしいです」不行了嗎？「会わない」是「不見面」而不是見不到面，既然是自己不要見，又何必說寂寞呢？這一句話建議改成「恋人に会えなくて、さびしいです」會比較好喔！

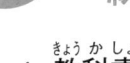

練習看看 請圈出適合的選項

1. 教科書を見［ないで / なくて］答えてください。

2. 福山さんに会え［ないで / なくて］、がっかりしました。

3. マニュアルを見［ないで / なくて］、機械を操作します。

4. 友達がい［ないで / なくて］さびしいです。

5. パーティーに出席でき［ないで / なくて］、すみません。

6. 今晩家へ帰ら［ないで / なくて］、朝まで仕事をするつもりです。

けさは朝ご飯を食べないで会社へ行きました。

今天早上沒吃早餐就去公司了。

きのうは、夜遅くまで仕事が終わらなくて、大変でした。

昨天到半夜工作都做不完，累死了！

もし私が遅れたら、待たないで、先に行ってください。

如果我遲到就不要等我，請先走！

歯が痛かったので、ご飯が食べられなくて困りました。

因為牙痛不能吃飯，很傷腦筋。

切手を貼らないで手紙を出してしまいました。

沒貼郵票就把信寄出去了。

電気製品が故障しても、新しいのを買わないで、修理して使ってください。

就算電器壞了也別買新的，請修理後再用！

最近バスに乗らないで、よく歩いています。

最近不搭公車，常常用走的。

お金が足りなくて、タクシーに乗れませんでした。

錢不夠，無法搭計程車。

きのうはお風呂に入らないで寝てしまいました。

昨天沒洗澡就睡著了。

連休はどこへも行かないで、家でゆっくり休みたいです。

連假哪裡都不去，想好好待在家裡休息。

野菜を切って、鍋の中に ＿？＿ ます。

い
入れ

はい
入り

難易度 ◇◇◇

正解

野菜を切って、鍋の中に入れます。

> 老師，「把菜切一切放入鍋中」說成「野菜を切って、鍋の中に入ります」吧？

「快～快救人！有人跳進鍋子裡了！」同學，如果你把日語說成這樣，你的日本朋友應該會一整個楞住！
老師我最常改的就是這種錯誤，因為這是中文裡所沒有的概念──「自動詞」「他動詞」概念。也許你會說「『自動詞』『他動詞』哪有那麼難？我們學過『を＋他動詞』、『が＋自動詞』，所以很好區別呀！」那麼，請問上面「鍋的中に入ります」沒有「が」也沒有「を」，該怎麼決定後面要用他動詞還是自動詞呢？

 名詞を＋他動詞，名詞が＋自動詞

先看下面這兩個例句哪裡不一樣！

(1) ドア を 開けました。（某人）開了門。　　　他動詞：開ける

(2) ドア が 開きました。 門開了。　　　　　自動詞：開く

 「主詞為人」用他動詞，「主詞為物」用自動詞

　　老師刻意把這一條重點跟上一條放在一起，就是要讓大家對比一下。上面說「名詞を＋他動詞，名詞が＋自動詞」，但看看下面這兩個例句，好像又不太符合上面的規則，是怎麼回事？

90

(3) 太郎が 開けました。　太郎開了（門）。　　　　　他動詞：開ける

(4) ドアが 開きました。　門開了。　　　　　　　　　自動詞：開く

　　（3）、（4）都是「名詞が」，但（3）怎麼會用他動詞（開ける）呢？其實完全沒有違背第一條重點喔！只是在第一條重點裡，我們容易忽略「他動詞句中的主詞」！也就是（3）完整的說法應如下：

太郎が　　（ドアを）　　開けました。

　　「太郎」是這個他動詞句的主詞，「『主詞為人』時用他動詞，『主詞為物』時用自動詞」，就是這個意思。

　　所以開頭的問題句「野菜を切って、鍋の中に入ります」，知道是哪裡有問題了吧？

？　（私は）野菜を切って、鍋の中に入ります。

○　（私は）野菜を切って、鍋の中に入れます。

　　主詞是人（私），人把青菜切好後，把青菜放進鍋子裡。所以下次請記住，要把青菜「放進」（入れます）鍋子裡，而不是人自己「進去」（入ります）鍋子裡，會燙傷喔！

 ## 他動詞表示意志行為，自動詞表示狀態變化

　　什麼叫「意志行為」呢？比如說「開瓦斯爐」這個動作就屬於人的意志行為，因為瓦斯爐不會自己開，必須有人去做這個動作。而瓦斯爐開了之後，就會有一個變化產生，就是「爐子上會起火」。所以請比較看看下面幾個例子。

(5) つまみを回_{まわ}すと、火_ひがつきます。

（把開關轉開，火就會點著。）

(6) ？ つまみが回_{まわ}ると、火_ひをつけます。

（開關一轉動，就要趕快點火。）←語意很奇怪

回_{まわ}る 圓 、回_{まわ}す 囮　　　　つく 圓 、つける 囮

(7) 〇 ボタンを押_おすと、ドアが開_あきます。

（一按（電梯）按鈕，門就會打開。）

(8) ？ ボタンを押_おすと、ドアを開_あけます。

（一按（電梯）按鈕，就把門打開。）←語意很奇怪

押_おす 囮　　　　　　　　開_あく 圓 、開_あける 囮

 他動詞表示動作，自動詞表示結果

(9) ケイタイを壊_{こわ}しました。

（弄壞了手機。）

(10) ケイタイが壊_{こわ}れました。

（手機壞了。）

　　正常情況下，手機不容易自動壞了，也就是自動詞不只可以用來表示自然的變化，也可以用來表示某個動作的結果。有人弄壞手機（ケイタイを壊_{こわ}しました），這是動作，這個動作的結果就是手機壞了（ケイタイが壊_{こわ}れました）。

本篇討論的是「開く／開ける」「閉まる／閉める」「つく／つける」「消える／消す」等「相對自他動詞」，所以文中的「自動詞」指的是「相對自動詞」，「他動詞」指的是「相對他動詞」。因此並不包含「歩く」、「走る」等「絕對自動詞」和「食べる」、「飲む」等「絕對他動詞」。

練習看看 練習一下吧！請完成下面六個句子。

a. 停電時要怎麼說？ → 電気 _____ 消 _____ 。（⾃消える・他消す）

b. 車門要關時要怎麼說？ → ドア _____ 閉 _____ 。
（⾃閉まる・他閉める）

c. 開了燈要怎麼說？ → 電気 _____ つ _____ 。（⾃つく・他つける）

d. 開了門要怎麼說？ → ドア _____ 開 _____ 。（⾃開く・他開ける）

e. コップ _____ 割 _____ 。 → コップ _____ 割 _____ 。
（⾃割れる 他割る）

打破了杯子。 → 杯子破了。

f. 車 _____ 止 _____ 。 → 車 _____ 止 _____ 。
（⾃止まる 他止める）

把車子停下來。 → 車停了。

93

楽しみにしていた冬休みが始まりました。自

期待的寒假開始了。

そろそろ日本語能力試験の準備を始めます。他

差不多要開始準備日語能力測驗了。

台風で近所の電柱が何本も倒れています。自

因為颱風，附近的電線桿倒了好幾根。

不良少年たちが、公園の記念碑を倒したそうです。他

聽說不良少年們弄倒了公園紀念碑。

上からガラスの破片が落ちてきて、危ないところだった。自

從上面掉下了玻璃碎片，差一點就遇到危險了。

毎朝ジョギングをして体重を落とす事にした。他

決定每天慢跑減輕體重。

来年度の目標が決まった。自

下一年度的目標確定了。

卒業旅行の行き先をみんなで決めた。他

大家一起決定了畢業旅行的地點。

最近は破れたジーンズをはいている若者が多い。自

最近穿著破牛仔褲的年輕人很多。

親との約束を破ったので、今月はお小遣いがもらえない。他

違背了和父母的約定，所以這個月拿不到零用錢。

ドアが　＿？＿　ない。

<ruby>開<rt>あ</rt></ruby>けられ　✕　<ruby>開<rt>あ</rt></ruby>か

難易度 ◇ ◇ ◇

🎧 **31**

正解

ドアが開かない。

老師，我跟你說喔，有一回我去上廁所，結果門壞了打不開。這個時候要說「ドアが開けられない」沒錯吧？

欸……這句話是沒錯，不過「門打不開」一般不會這麼說耶！

 「門壞掉」？「人壞掉」？

很多同學都說老師太囉唆了，喜歡碎碎唸，這一次老師就直接一點吧！你上完廁所卻出不來的問題在哪裡？當然不是便秘……（有點冷～）是門壞了呢？還是你手上有東西呢？（感覺怪怪的～）

(1) ドアが開けられない。

（無法開門。）

(2) ドアが開かない。

（門打不開。）

考慮好了嗎？要表達「門打不開」時，我們總會覺得應該使用可能動詞，所以會將「ドアを開ける」（開門）變成可能動詞句「ドアが開けられる」（能夠開門），再轉為否定句「ドアが開け<u>られない</u>」（不能夠開門）。但是請問：開門需要很特殊的能力嗎？答案是否定的，大部分的人應該都具備開門的能力，因為只要輕輕轉一下把手，或是按一下按鈕就好。所以，當門打不開時，問題在於「門」，而非在於「人」，因此跟門有關，跟人無關。

既然跟門有關，要表達「門打不開」時，主詞是「ドア」，動詞請直接使用自動詞「開く」，說成「ドアが開かない」。

老師補充：

什麼情況下，「開門」才會跟能力有關呢？例如，手受傷時沒辦法開門、小孩不夠高沒辦法開門、小狗當然也沒辦法開門。也就是，手受傷的人、小孩、動物都不具備開門的能力，此時才適合說成「ドアが開けられない」。當然也不一定要傷到手，如果手上拿了太多東西、騰不出手時，也以「ドアが開けられない」表示。

 「ドアが開けない」VS.「ドアを開けない」

「老師，其實我本來想說『ドアが開けない』……可以嗎？把動詞『開く』變成可能形，不就是『開ける』嗎？」

「開く」是自動詞，主詞為「物」，這一類的自動詞是不會有可能形的。而「開ける」就是個他動詞，所以「ドアが開けない」這個說法，請看清楚我的嘴形：「完‧全‧錯‧誤」。

(3) ✕ ドアが開けない。

(4) ◯ ドアを開けない。

（我不開門。）

他動詞「開ける」的意思是「打開」,「ドア」則是受詞,兩者之間應該加入表示受詞的助詞「を」,絕不可能是表示主詞的助詞「が」。因此,「ドアが開けない」是個錯誤的句子,「ドアを開けない」才正確,但此時的意思是「我不開門」,還是沒有辦法表示「門打不開」。

老師補充:

　　一定有讀者在想,「ドアが開けない」不行的話,那「ドアは開けない」怎麼樣?其實前面說過,「開ける」無論如何就是個他動詞,即使句子裡出現了「は」,也只是將受詞主題化,「ドアは開けない」的意思大概像中文的「門,我不開」吧!

 「燃えるごみ」：可燃垃圾？ 燃燒垃圾？

　　日文中,有一些以事、物為主詞的自動詞句,在中譯時通常會使用「可以」「能夠」等詞彙,例如「燃える」是「燃燒」,但「燃えるごみ」會翻譯為「可燃垃圾」,而不是「燃燒垃圾」。

　　反之,當我們將心裡想的句子用日文表達時,不小心就會出現可能動詞。例如「桌子太大,放不進房間」感覺上似乎要用可能動詞,但實際上,一個很簡單的自動詞就能表達了喔!

(5) ✕ 机が大きすぎて部屋に入れられません。

(6) ◯ 机が大きすぎて部屋に入りません。

（桌子太大，放不進房間。）

練習看看　請將以下句子翻譯為日文。

1. 關門！

2. 我不關門。

3. 門關不起來。

4. 弟弟沒辦法關門。

5. 開燈！

6. 我不開燈。

7. 燈不會亮。

8. 妹妹不會開燈。

ブレーキの故障で車が止まらない。

煞車故障，車子停不下來。

突然犬が道に出てきて、すぐに車を止められなかった。

小狗突然跑到路上，沒辦法立刻把車停下來。

貯金箱のふたが開かなくなったので、壊すしかない。

存錢桶的蓋子打不開，所以只好破壞它。

小さいときは、蜂蜜の瓶のキャップが固くて開けられなかった。

小時候，蜂蜜罐的蓋子緊得打不開。

停電で信号のライトがつかないので、交差点は大混雑している。

因停電紅綠燈不亮，所以路口大塞車。

いくら技術があっても、電気がないなら、ライトもつけられない。

無論具備多少技術，如果沒有電，也沒辦法把燈點亮。

この高台からなら、台北の夜景もきれいに見える。

從這個高地（眺望）的話，台北的夜景看起來也很漂亮。

あの映画は特に暴力場面が多いので、１８歳未満は見られない。

那部電影的暴力場面特別多，所以未滿十八歲不能觀看。

この民宿は安いけど、波の音が聞こえるし、魚料理も食べられて、海好きには最高だ。

這間民宿雖然便宜，但可以聽見海浪的聲音，也能吃到海鮮，所以對於愛海的人來說是最棒的。

日本語が上達したと思うようになったのは、日本語の曲が歌詞カードなしで聞けるようになってからだ。

覺得自己的日文開始有了進步，是從變得不需要歌詞也聽得懂日文歌開始。

これ、＿？＿ ますか。

見え　⚔　見られ

難易度 ◇ ◇ ◇

🎧 33

正解

これ、見えますか。

老師，這句話有問題嗎？我幫顧客做視力檢查時說「これ、見られますか。」他們怎麼都搖頭？

當然有問題，這個時候應該說「これ、見えますか」才對呀！看樣子要換我來幫你檢查一下了!!

 「視力」→「見える」

〇 めがねをかけると、黒板の字がよく見える。

✕ めがねをかけると、黒板の字がよく見られる。

（一戴上眼鏡，就能看清楚黑板上的字。）

　　「見える」和「見られる」中文翻譯很接近。不過，其實「見られる」才是「見る」真正的可能形，「見える」可以稱為「知覺動詞」。初學時，一般都是用到「見える」，「見られる」則是進階一點才會出現。這是因為動詞可能形表示人的「能力」，但是「視力」卻是與生俱來的。初學階段使用的句型、場景都是較單純、較自然的，所以用「見えます」就能充分表達了。

因此，視力檢查時，要表達「這個看得到嗎？」這句話時，當然要說「これ、見えますか」。

 「人為」→「見られる」

× 試験が終わったから、テレビが見える。

○ 試験が終わったから、テレビが見られる。

（考試結束了，所以可以看電視了。）

考試前不能看電視，不是因為考試前眼睛有問題，而是爸媽不准、老師不准、甚至自己也不准自己這麼做，這就是所謂的人為條件。必須要考完試，才能做這件事，這時才會使用「見られます」。

人有休假，各位知道台北動物園裡的大貓熊（パンダ）和企鵝（ペンギン）一個月也可以休假一天嗎？請猜猜是哪一天？不要到時候去了找不到牠們喔！

第一月曜日は　①　が見られません。

第二月曜日は　②　が見られません。

答案：①パンダ　②ペンギン

ここから海が見える。
VS.
ここから海が見られる。

老師，那這兩句話呢？這兩個說法我都有聽人家說過耶！

這兩個用法的確都正確，我們先回到「見える」的定義。先前提到，「見える」和「視力」有關，再說的詳細一點，眼睛有沒有問題？如果眼睛沒有問題的話，有沒有障礙物呢？（距離也是一種障礙哦！）如果都沒有問題，就「見える」，否則就「見えない」。「ここから海が見える」（從這裡看得到海）這句話成立，就是因為沒有障礙物、距離也在視力可及之處。

(1) めがねをなくして、黒板の字が見えない。

（弄丟了眼鏡，看不到黑板上的字。）

(2) 前の席に大きい男が座ったので、映画がよく見えなかった。

（前面坐了一個魁梧的男性，所以電影看不太清楚。）

而「ここから海が見られる」這句話的使用時機呢？前面提到「見られる」帶有「人為」的條件，這句話表達出說話者想看海，而且相較其他地方，此處是較適合的地點。再用下兩句話比較一下，（4）用來表示晴空塔上夠高，沒有障礙物，有機會看到富士山；（5）則把重點放在行為「爬上」，帶有「想看到」的心情。兩者比起來，老師比較建議使用「見えます」，因為這樣的表達比較普遍，所以我給（4）兩個圈。

(4) ◎ スカイツリーに上れば、富士山が見えるだろう。

(5) ○ スカイツリーに上れば、富士山が見られるだろう。

（爬上晴空塔的話，可以看到富士山吧！）

「見える」和「見られる」不好區分，「聞こえる」和「聞ける」也有相同的差異喔！請先記住「聞こえる」是知覺動詞，跟「聽力」有關，「聞ける」則是「聞く」的可能形。

このラジオは古くて、よく聞こえない。

（這台收音機很舊，聽不清楚。）

試験が終わったから、CD が聞ける。

（考試結束了，可以聽 CD 了。）

練習看看　請圈出最適合的選項

1. 毎日残業で、連続ドラマが［見えない / 見られない］。

2. マイクがないので、先生の声がよく［聞こえない / 聞けない］。

3. 真っ暗で、何も［見えない / 見られない］。

4. あのバーでは、いい音楽が［聞こえる / 聞ける］。

停電で 1 日中テレビが見られない。

因為停電，一整天不能看電視。

この露天風呂からは、富士山が見えるんです。

從這個露天風呂可以看到富士山。

早朝、小鳥たちのおしゃべりが聞こえてきて、目が覚めた。

清早聽到小鳥的叫聲醒了過來。

4 月から FM でクラシック専用の番組が聞けるようになるらしい。

好像四月開始可以用 FM 聽到古典樂專屬頻道。

最近老眼が進んで、新聞の小さい字がよく見えない。

最近老花眼變得嚴重，看不太清楚報紙上的小字。

部屋のドアを閉めて、友人との会話の内容が母親に聞こえないようにした。

把房門關上，不要讓媽媽聽到和朋友的對話內容。

この映画は暴力とセックスの描写が多いので、18 歳にならないと見られない。

這部電影有很多暴力和性的描寫，未滿十八歲不能觀看。

どれぐらい勉強すれば、ドラマの日本語会話が聞けるようになるだろう。

要學多久才能聽得懂電視連續劇的日文對話呢？

イヤホンをして音楽を聴いていたので、すぐそばに車がいるのが聞こえなかった。

戴上耳機聽音樂，所以沒聽見近在身旁的車子的聲音。

この隙間からだと牛の出産の様子が見えます。

從這個縫隙的話，可以看到牛生產的樣子。

寒いので、ドア　？　。

が閉めて
あります

を閉まって
あります

難易度 ♦ ♦ ♦

正解

寒<small>さむ</small>いので、ドアが閉<small>し</small>めて あります。

老師，「因為很冷，所以關著門」是「寒いので、ドアを閉まってあります。」沒錯吧？ 幫我看一下這個句子好嗎？

沒問題！ 嗯……好的……你說什麼？ 我的意思是……你是什麼意思？

📋 他動詞て形＋あります

　　這次的句型，可以說是撰寫本書最大的危機……不，是挑戰！ 這裡牽涉到好幾個重要文法，我們一個一個來看吧！

　　要完成「～てあります」句型最重要的一步，就是要先記住前面接續的必須為他動詞，構成「他動詞て形＋あります」。換言之，自他動詞的判斷就很重要了。

(1) ○ 閉<small>し</small>めてあります。 （關好了。）

(2) ✕ 閉<small>し</small>まってあります。

　　「閉<small>し</small>まる」「閉<small>し</small>める」都有「關」的意思，但是「閉<small>し</small>まる」是自動詞，「閉<small>し</small>める」是他動詞。如果要使用「～てあります」句型，就一定要用「閉<small>し</small>める」，構成「閉<small>し</small>めてあります」。

 ## ドアを閉めます→ドアが閉めてあります

(3) ○ ドアが閉めてあります。（門關好了。）

(4) ✕ ドアを閉めてあります。

　　「～てあります」句型雖然前接他動詞，但這個句型表示的是「動作結束後，物品存在的狀態」，所以表受詞的助詞「を」要變成「が」。也就是他動詞句裡的受詞，在這個句型裡變成了主詞。

 ## ドアを閉めています VS. ドアが閉めてあります

　　「老師，『～てあります』一定要用他動詞，那他動詞可以變成『～ています』嗎？」

　　當然沒問題！不過要小心的是，如果是他動詞構成的「～ています」句型，那就只是單純表動作進行中的「～ています」，助詞就不能變成「が」，而是要維持原本的「を」喔！

(5) ○ ドアを閉めています。（正在關門。）

(6) ✕ ドアが閉めています。

 ## 自動詞て形＋います VS. 他動詞て形＋あります

「老師，那『～ています』前面可以是自動詞嗎？」

(7) ○ドアが閉まっています。（門關著。）

(8) ○ドアが閉めてあります。（門關好了。）

　　當然可以！「自動詞て形＋います」和「他動詞て形＋あります」都是很常見的說法。例句（7）、（8）描述的其實是同一件事情，不過「自動詞て形＋います」是將看到的事實直接說出來，「他動詞て形＋あります」則強調某個特定目的才進行這個行為。

(9) ✕ 寒いので、ドアが閉まっています。

(10) ○ 寒いので、ドアが閉めてあります。

　　　（因為很冷，所以門關起來了。）

　　比較例句（9）、（10）就知道，加了原因「寒い」（很冷），所以「門關著」這件事顯然是人為造成的，因此「寒いので」後面就只能接「ドアが閉めてあります」。

練習看看　請選出正確的句子

1. a ドアを開きました。

　 b ドアが開きました。

2. a ドアを開けました。

　 b ドアが開けました。

3. a ドアを開けています。

　 b ドアが開けています。

4. a ドアが開いています。

　 b ドアを開いています。

5. a ドアが開いてあります。

　 b ドアが開けてあります。

あの公園の時計、もう何ヶ月も止まっている。

那個公園的時鐘，已經停了好幾個月了。

えっ、なんで隣の客の車がうちの駐車場に止めてあるんだ？

咦，為什麼隔壁客人的車子停在我們的停車場呢？

彼はいまだにカメラのついていないケイタイを使っている。

他現在還用著沒有相機功能的手機。

こんな暑い日は、家に帰った時、エアコンがつけてあったら最高！

這麼熱的日子，要是回家時冷氣已經開好那就太棒了！

子供が勝手に出て行くと危ないので、いつもドアが閉めてあるんです。

孩子自己跑出去就危險了，所以隨時都把門關上。

あの食堂は行くといつも閉まっているので、客がどんどん離れていった。

那家餐廳不管什麼時候去都關著，所以客人一個一個流失。

明るいときは、電気代がもったいないので、電気がいつも消してあります。

天亮的時，（開燈）很浪費電，所以總是把燈關掉。

何だ、いたのか。電気が消えているから、誰もいないかと思った。

什麼！原來你在呀！因為燈關著，我以為沒半個人。

パンダ館の前には、「円仔」を一目見ようと家族連れがたくさん並んでいる。

貓熊館前，排著許多想看「圓仔」一眼的家庭。

友人が来たとき、すぐに食べられるように、お皿やグラスが並べてあるんです。

為了朋友來的時候能立刻開動，所以盤子、杯子都已經排好了。

旅行に行く前に、チケットを ？ 。

か
買っておきます ⚔ 買います
か

難易度 ◇◇◇

🎧 37

正解

旅行に行く前に、チケットを 買っておきます。

老師，「旅行に行く前に、チケットを買います。」這句話沒錯對不對？ 這個句型我之前就學過了，肯定不會有錯！

是是是，沒錯沒錯，你說的都沒錯。不過你要來做什麼呢？ 買演唱會的票嗎？

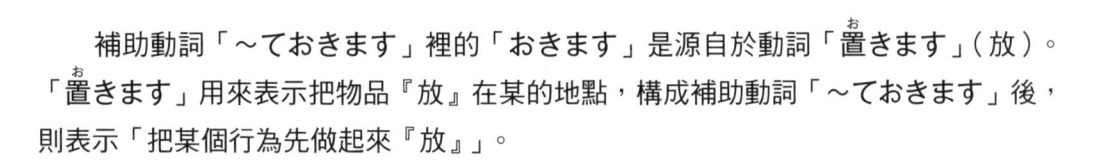

「～ておきます」表示「先～」

補助動詞「～ておきます」裡的「おきます」是源自於動詞「置きます」（放）。「置きます」用來表示把物品『放』在某的地點，構成補助動詞「～ておきます」後，則表示「把某個行為先做起來『放』」。

(1) ビールを買います。（買啤酒。）

(2) ビールを置きます。（放啤酒。）

(3) ビールを買っておきます。（把啤酒買回來放著→ 先買好啤酒。）

很台式的解說吧？這其實就是「置きます」變成補助動詞後，「文法化」的結果。「置きます」原本的字義消失，從一般單字變成具有文法功能的詞彙。也因此「～ておきます」不會翻譯為「放～」，而是比較適合說成「先～」。

 ## 「～ておきます」表示「準備」

「老師，你到現在還沒正面回答我的問題耶！『～ておきます』跟我這句話有什麼關係呀？」

不要急，正要開始說明呢！「～前に」（～之前）這個句型用來強調兩個動作時間上的先後關係，所以如果要強調「去旅行」（旅行に行きます）之前，要先「買票」（チケットを買います）時，就可用「～前に」這個句型。可是也因為這個句型主要是用來強調時間上的先後關係，所以兩個動作之間未必有關。

(4) 旅行に行く前に、チケットを買います。

（去旅行前要買票。）

(5) 旅行に行く前に、コンサートのチケットを買います。

（去旅行前要買演唱會的票。）

也就是「旅行に行く前に、チケットを買います」這句話中，「チケットを買います」所買的票未必是跟旅行有關的票券。也許是之後要聽某一場演唱會，怕旅行回來票就賣完了，所以趕著在出發前先去買票。

(6) 旅行に行く前に、チケットを<u>買っておきます</u>。

（去旅行前要先買好票。）

(7) 旅行に行く前に、コンサートのチケットを<u>買っておきます</u>。

（去旅行前要先買好演唱會的票。）

如果我們在例句（4）、（5）後面都加上「～ておきます」，意思就發生了一些改變。這是因為「～ておきます」不僅翻譯上說成「先～」，句義上也表達了後面這個動作是為了進行前一個動作的「準備」。因此例句（6）就能明確表示出是跟旅遊有關的票券，最合理的當然是機票、車票。而例句（7）所購買的演唱會的票也必然和這次的旅程有關，大概是計畫在旅途中去聽某一場演唱會吧，也或者旅行回來後隨即要去聽演唱會，所以先買好票比較保險。

 ## 「～ておきます」表示「事前準備」「事後處置」

　　問題基本上都解決囉！不過老師還是再囉唆一下，「～ておきます」基於「準備」這個基本概念，再配合表示「之前」的「～前に」「～までに」或是表示「之後」的「～後で」「～たら」，還可細分為「事前準備」或是「事後處置」（為了下次而先做好），不過總之只要記得加上「先～」，意思上就不會錯了。

(8) パーティーの前に、飲み物を買っておきます。

（宴會前要先買飲料。）

(9) パーティーの後で、テーブルの上を片付けておきます。

（宴會後要先整理桌子。）

最後，老師又要再補充一點。「～ておきます」還有「維持原狀」的意思，這裡的「維持原狀」其實可以說成「放著不管」。這個用法，只要了解原先的狀態為何，就能分辨出和「準備」的不同。

（電視關著時）

A：テレビをつけ<u>ておいて</u>ください。　　（準備）

B：はい、わかりました。

（電視開著時）

A：テレビをつけ<u>ておいて</u>ください。　　（維持）

B：はい、わかりました。

假設我們打算從電視上觀賞跨年煙火，總不能等到剛好十二點整才開電視吧！所以會先打開電視「準備」，這個時候就是「先把電視打開」。如果我們之前剛看完一個節目，時間已經是十一點四十幾分了，這時我們就會說「先讓電視開著」，因為這樣的話等一下就可以直接看煙火了。

練習看看　將下列句子翻成日文看看

1. 出國旅遊前要先申辦護照。（海外旅行・行く・パスポート・作る）

2. 今天晚上朋友來之前，要先打掃房間。
　（今晚・友だち・来る・部屋・掃除する）

3. 出發前要先準備行李。（出発・荷物・準備する）

4. 會議前要先看資料。（会議・資料・読む）

5. 工作完畢的話，要先整理桌面。（仕事・終わる・机・上・片付ける）

6. 登山前要先仔細地看地圖。（山・登る・地図・よく見る）

テストが始まる前に、トイレへ行っておきます。

考試開始前要先去洗手間。

母の日に家族でレストランへ行くなら、今から予約しておいたほうがいいですよ。

如果母親節要全家去餐廳的話，現在就先預約比較好喔！

日本へ旅行に行く前に、簡単な会話を練習しておきたいです。

去日本旅行前，想要先練習簡單的會話。

30分後にお客様がいらっしゃるので、クーラーをつけておいてください。

三十分鐘後客人要來，所以請先把冷氣打開。

地震はいつ来るかわからないので、防災グッズを用意しておいたほうがいい。

不知道地震何時會來，所以最好先把防災用具準備好。

明日のデートのために、彼女が好きそうな店をインターネットで調べておこう。

為了明天的約會，先用網路查好女朋友可能會喜歡的店吧！

台風が来るので、カップラーメンをたくさん買っておいた。

因為颱風要來，先買了很多泡麵。

田中さんがまだ来てないけど、先に料理を注文しておこうか。

雖然田中先生還沒來，但先點菜吧！

この文法は大切ですから、覚えておいてください。

這個文法很重要，請先記住！

一番最後に教室を出る人は、電気を消しておいてください。

最後出教室的人，請把電燈關好！

Quiz 20　在大阪蓋了一棟叫做阿倍野的超級摩天大樓。

大阪（おおさか）にあべのハルカスという超高層（ちょうこうそう）ビルが ＿？＿ 。

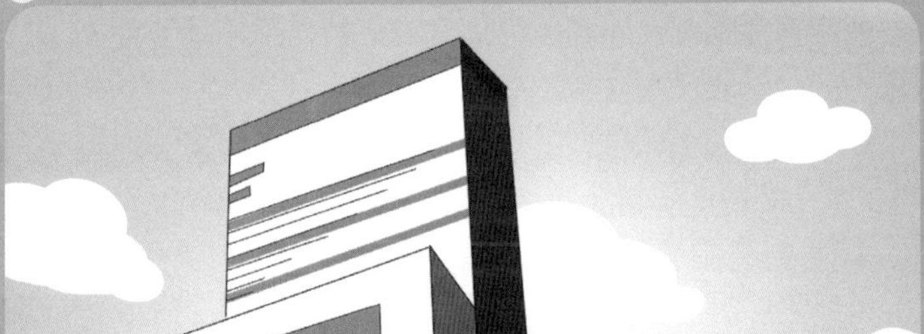

建（た）てられた ／ **建（た）てた**

難易度 ◆◆◇

39

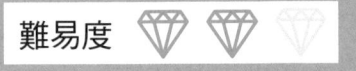

正解

大阪にあべのハルカスという 超高層ビルが建てられた。

老師,「大阪にあべのハルカスという超高層ビルが建てた」每字每句都沒有問題,可是怎麼又被老師打✕了呀?難道……不是蓋在大阪嗎?

原來是這個問題……別難過,至少證明你是華人無誤。因為你犯了全天下華人都可能犯的錯。

華語中以物為主詞的被動句常省略「被」

開門見山來說,以物為主詞的被動句在華語裡常省略「被」,也就是有些句子雖然沒有「被」,但其實卻是個被動句。想用日文說這句話時,我們也不自覺地漏掉了該有的動詞變化。

(1) 主動句:大阪にあべのハルカスという超高層ビルを建てた。

（（我們？）在大阪蓋了一棟叫做阿倍野的超級摩天大樓。）

(2) 被動句:大阪にあべのハルカスという超高層ビルが建てられた。

（在大阪蓋了一棟叫做阿倍野的超級摩天大樓。）

注意到了嗎？例句（1）、（2）明明一個是主動句，一個是被動句，但是中譯卻一樣。如此一來，我們更不知道要如何正確表達我們要說的這句日文了！所以呀，煩惱之前，請先想想華語的這個特性喔！

 ## 不表示「動作者」是誰就用被動句

「大阪にあべのハルカスという超高層ビルを建てた」這個主動句雖然正確，但其實省略了主詞。既然沒有提到誰蓋的，那就應該跟說話者有關，所以完整的意思可能是「（我們公司）在大阪蓋了一棟叫做阿倍野的超級摩天大樓」。但是這句話，應該不是我們想要表達的吧！

當我們客觀地敘述一個社會事實時，通常不會特別提到「動作者」是誰，就像我們提到台北 101 的興建完工時，也許會把重點放在位於哪裡、何時竣工，但不會特別提到以日商「熊谷組」為中心的建設團隊吧！

(3) 台北 101 は 2004 年に建てられた。

（台北 101 建於 2004 年。）

(4) 台北 101 は台北市の信義区に建てられた。

（台北 101 蓋在台北市信義區。）

「老師！我就是想告訴日本朋友『台北 101 是熊谷建設蓋的』那還要用被動句嗎？」

當然還是要用被動句來表示，在動作者後面加上「～によって」（由～）就可以了。如果用主動句，表達的是「熊谷建設蓋了台北 101」，重點在於「熊谷建設」做了什麼事情。同樣地，各位可以想想「李祖原建築事務所設計了台北 101」和「台北 101 是由李祖原建築事務所設計的」這兩句話要如何表達。

(5) 台北 101 は熊谷組によって建てられた。

（台北 101 是由熊谷建設建造的。）

(6) 熊谷組は台北 101 を建てた。

（熊谷建設蓋了台北 101。）

(7) 台北 101 は李祖原建築事務所によって設計された。

（台北 101 是由李祖原建築事務所設計的。）

(8) 李祖原建築事務所は台北 101 を設計した。

（李祖原建築事務所設計了台北 101。）

老師補充：

　　「は」、「が」這兩個助詞的使用，這個單元的句子判斷中，扮演了相當關鍵的角色。簡單複習一下喔！

表示主詞的「が」可主題化為「は」

表示受詞的「を」可主題化為「は」

基本結構：　① 私が家を建てた。（我蓋了房子。）

　　　　　　→將動作者主題化：② 私は家を建てた。（我蓋了房子。）

　　　　　　→將受詞主題化　：③ 家は私が建てた。（房子我蓋了。）

　　　　　　→省略②的受詞　：④ 私は建てた。（我蓋了。）

　　　　　　→省略③的動作者：⑤ 家は建てた。（房子蓋了。）

　　　　　　→將句子變成被動：⑥ 家 [が / は] 建てられた。（房子蓋好了。）

　　　　　　→絕對錯誤的說法：⑦ ✕ 家が建てた。

練習看看 請將下列句子翻成日文看看

1. 今天晚上這裡將舉行宴會。(今夜・ここ・パーティー・開く)

2. 這首歌在全世界被傳唱著。(世界中・この歌・歌う)

3. 這本書是村上春樹寫的。(この本・村上春樹・書く)

4. 電話是由貝爾發明的。(電話・ベル・発明する)

5. 這個建築物是用木頭蓋的。(この建物・木・造る)

6. 塑膠是用石油做的。(プラスチック・石油・作る)

英語は国際言語として、世界中で話されている。

英文作為國際語言，在全世界被使用。

アイドルグループの嵐は子供からお年寄りまで、みんなに愛されている。

偶像團體「嵐」從小孩到老年人，受到大家的喜愛。

収穫間近のキャベツが虫に食われて、穴だらけになった。

快收成的高麗菜被蟲咬得滿是洞。

肉や魚に似せた精進料理の多くは、大豆製品で作られている。

做得像肉、魚的素食，大多是用大豆製品做的。

プラスチックや自動車燃料など、コーンから作られている製品は多い。

塑膠、汽車燃料等用玉米製作的產品很多。

台湾大学の前身は、１９２８年に台湾総督府によって設立された。

台灣大學的前身，是 1928 年由台灣總督府設立的。

台湾には、日本語が話せる「日本語世代」と呼ばれるお年寄りたちが存在する。

在台灣，有著一群會說日文、被稱為「日語世代」的年長者。

不明のマレーシア機は、発見まで数年かかるかもしれないと見られている。

一般認為，要找到失蹤的馬航班機，說不定要花上幾年。

立法院が「サービス貿易協定」に反対する学生たちによって占拠された。

立法院被反對「服貿協定」的學生占據。

STAP 細胞の作製成功が注目されたが、その後論文データが捏造ではないかと指摘された。

STAP 細胞的製作成功受到矚目，但之後被指出論文數據可能是捏造的。

___?___ となりの犬にかまれた。

わたしの手は　　わたしは手を

難易度　◇　◇　◇

手被狗咬到居然不會痛！『所有物被動句』

正解

私は手をとなりの犬
にかまれた。

嗚嗚～～老師，我被狗咬了！可以說「私の手はとなりの犬にかまれた。」嗎？

我來看看……會痛嗎？ 會痛吧？既然會痛，這樣說當然不行！

 ## 以物為主詞的被動 VS. 所有物被動

　　大家還記得「以物為主詞的被動」的規則嗎？ 當一個句子的行為者不明確、不特定多數，或是在這個句子裡不重要時，我們會省略行為者，構成以物為主詞的被動。

(1-1) 熊谷組は 台北 101を建てた。

（熊谷建設蓋了台北 101。）

(1-2) 台北 101は熊谷組によって建てられた。

（台北 101 是由熊谷建設建造的。）

主動句（1-1）改為被動句（1-2）時，主動句的受詞（台北 101）變成被動句的主詞，這就成為「以物為主詞的被動」。這時通常不把行為者表達出來，例如「台北101 は 2004 年に建てられた」（台北 101 建於 2004 年）。若要特別把行為者說出來，一般會用「〜によって」帶出。

(2-1) 〇 となりの犬はわたしの手をかんだ。

（隔壁的狗咬了我的手。）

(2-2) ✕ わたしの手はとなりの犬にかまれた。

（2-1）是主動句，用來描述「犬」的行為，是正確的句子。但是被動句（2-2）就不恰當了，因為「手」只是身體的一部分。用「手」當主詞會構成以物為主詞的被動，描述客觀的社會事實，表示這件事情與自己無關。然而，自己的手被咬了有可能和自己完全無關嗎？ 因此要表示「我的手被狗咬到了」時，不能使用這個句型。

 受害者は 加害者に 受害部位を 被動動詞

(3-1) 犬はわたしの足をかんだ。

（狗咬了我的腳。）

(4-1) 泥棒はわたしのかばんをとった。

（小偷偷了我的包包。）

當主動句的受詞是人的身體部位（如わたしの足）或是擁有的物品（如わたしのかばん），若要轉換為被動句，應該要以「人」為主詞，此時可稱為「所有物被動」或「所有者被動」。

(3-2) わたしは犬に足をかまれた。

（我被狗咬到腳。）

(4-2) わたしは泥棒にかばんをとられた。

（我被小偷偷了包包。）

　　「所有物被動」幾乎都用來表示某個人的「受害」，所以也可稱為「受害的被動」（迷惑の受身）。要使用「所有物被動」，只要將「受害者」當主詞，加上「は」或「が」；將「加害者」當對象，加上「に」；將受害的部位或是物品當受詞，加上「を」，最後再加上被動動詞就完成啦！

(5-1) ○ 兄はわたしの時計を直しました。

（○ 哥哥修好了我的手錶。）

(5-2) ✕ わたしは兄に時計を直されました。

（✕ 我被哥哥修好了手錶。）

　　如果不是受害，而是受惠時，一般不會用被動表示，就像「我被哥哥修好了手錶」這個說法是不是怪怪的呢？ 那麼應該怎麼表達呢？

(5-3) ○ 兄はわたしの時計を直してくれました。

（哥哥幫我修好了手錶。）

(5-4) ○ わたしは兄に時計を直してもらいました。

（我請哥哥幫我修好了手錶。）

看到了嗎？這個時候可使用授受動詞中表示行為授受的「～てくれる」（～幫我）、「～てもらう」（我請～幫我），因為這兩個行為授受句就是用來表示對對方的感激。

1. 被媽媽丟了漫畫。（母・まんが・捨てる）
2. 被弟弟弄壞相機。（弟・カメラ・壊す）
3. 被同學搞錯了書包。（クラスメート・かばん・まちがえる）
4. 被太郎偷看了考卷。（太郎・テスト・見る）
5. 被小孩弄髒了衣服。（子ども・服・汚す）
6. 被爸爸偷看了日記。（父・日記・読む）

うっかりしていて、サルにえさを盗まれた。

一不留神，被猴子偷（吃）了飼料。

私は友達にスマホの中の彼氏の写真を見られてしまった。

我被朋友看了手機裡的男友的照片。

電車で誰かに足を踏まれたが、誰が犯人かわからない。

在電車裡被人踩到腳，但不知道犯人是誰。

あした使うために準備していたのに、阿部さんに大切な資料を捨てられた。

原本準備為了明天使用，但是被阿部先生丟了重要的資料。

アパートの鍵をなくされたので、念のため鍵屋に付け替えてもらった。

公寓的鑰匙被弄丟了，所以為了預防萬一請鎖匠換了一副。

風で帽子を飛ばされたが、幸い池に落ちる前に拾うことができた。

被風吹走了帽子，但是幸運地在掉入水池前撿起來了。

私は、彼の言葉に心を傷つけられたが、自分を見つめ直す機会ともなった。

我被他的話傷了心，但是也成為了重新審視自己的機會。

火事で家財道具を焼かれてしまったので、親戚の家に身を寄せることになった。

因火災被燒光了身家財產，所以寄宿在親戚家。

私は息子に 100 回 10 円で、肩をたたいてもらっている。

我用十塊錢請兒子幫我搥背一百下。

私は息子に肩をたたかれて以来、もっと肩こりがひどくなった。

我被兒子搥了背之後，腰酸背痛變得更嚴重。

Quiz 22　太郎 10 歲時父親就過世了。

太郎君(たろうくん)は10歳(じゅっさい)で
お父(とう)さんに ＿？＿ 。

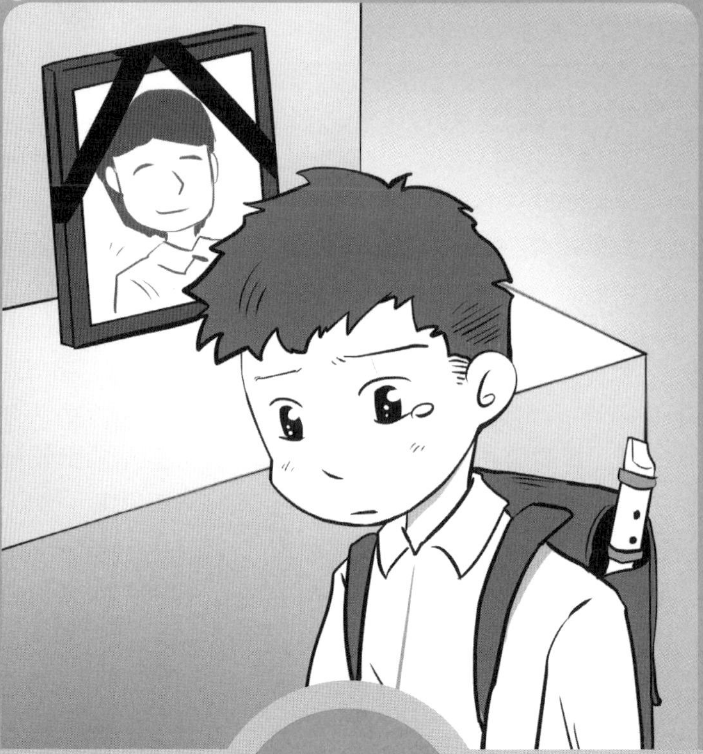

死(し)なれました ✕ **死(し)にました**

難易度 ◆◆◇

43

正解

太郎君は１０歳でお父さんに
死なれました　。

老師我跟你說喔！ 我是要說那個啦，那個什麼『太郎同學十歲爸爸就死了』，可是不是要說『太郎同學的爸爸十歲就死了』喔！ 矮油～老師你知道的嘛～

我？ 我怎麼知道你想說什麼呢？ 嗯……你想說的應該是那個吧？ 好吧，該來的總是會來的，被動已經說了兩個單元了，是時候來談談那個問題了吧！

日文的自動詞也能變成被動

　　大家可能不知道，自動詞和他動詞的檢測方法就是以能不能變成被動來判斷。例如華語的「上當」不能說成「被上當」、「起床」不能變成「被起床」，所以可以判定「上當」「起床」都是自動詞。也就是「他動詞才能變成被動」，是世界上絕大多數語言的共同特徵。

　　但是！ 日文的自動詞偏偏就是能變成被動，這一點被視為日文的特色之一。大家先來看看下面這幾個句子是什麼意思吧！

A. 雨に降られました。

B. 社員に辞められました。

C. 友だちに来られました。

　　例句 A 是最簡單的，說成「被雨淋了」應該沒爭議吧！可是例句 B「被員工辭職了」，到底是誰走呀？例句 C「被朋友來了」，聽起來更是詭異，不小心就想入非非了。

　　用華語翻譯不出這幾句話是很正常的，因為華語的自動詞也是不能變成被動。「被雨淋」不是可以嗎？也許有人這麼想。不過，有沒有發現，如果直譯成「被雨下」並不恰當，我們是「偷換」了動詞才讓這個翻譯成立的喔！

 ## 找出自動詞的「行為者」是誰

　　「降ります」（下雨）、「辞めます」（辭職、離職）、「来ます」（來）都是自動詞，所以要先判斷「行為者」到底是誰呢？我們可以從「降ります」這個表自然現象的動詞來看，無論如何「行為者」應該是「雨」才合理。既然如此，應該就能推敲出這三個被動句的原始說法是什麼了吧！

A. **主動句：雨が降りました。**（下雨了。）

　　被動句：雨に降られました。（被雨淋了。）

B. **主動句：社員が辞めました。**（員工辭職了。）

　　被動句：社員に辞められました。（？）

C. **主動句：友だちが来ました。**（朋友來了。）

　　被動句：友だちに来られました。（？）

我們現在至少可以確定，例句 B 離職的是員工，例句 C 來的是朋友。可是，到底要表達什麼呢？提示大家，關鍵字是「受害」。

 ## 受害者<u>は</u>加害者<u>に</u>自動詞被動

被動句型中的「所有物被動」表示「受害」，「自動詞被動」也有「受害」的意思。自動詞被動句的主詞是受害者，對象（〜に）則是加害者。例如「<u>私は雨に降ら</u>れました」表示「下雨造成我受害」；「<u>私は社員に辞められ</u>ました」表示「員工辭職造成我受害」；「<u>私は友だちに来られ</u>ました」表示「朋友來了造成我受害」。

換句話說，因為華語沒有自動詞被動，所以這些說法真的是只能意會不能言傳。因此，遇到自動詞被動句時，翻譯時不要硬翻，重點是能不能看出「受害」的感覺。

A. 太郎は<u>雨に降られ</u>て、ぬれてしまいました。

（太郎被雨淋得一身濕。）

B. <u>慣れた社員に辞められ</u>て、大変忙しくなりました。

（熟練的員工辭職了，害我變得非常忙碌。）

C. 勉強しようとしましたが、<u>友だちに来られ</u>て、勉強できませんでした。

（本來想要讀書，但是朋友來了害得我無法讀書。）

各位看看，把原本很單純的三個例句寫得完整一點之後，意思是不是就變得很清楚了呢？回到最前面的問題，「太郎同學十歲時爸爸就死了」要怎麼說呢？先想一想「爸爸死了」怎麼說，再變成被動，就可以啦！

主動句：お父さんが死にました。

被動句：お父さんに死なれました。

→太郎君は 10 歳でお父さんに死なれました。

（太郎同學十歲時死了父親。）

練習看看　依提示完成以下句子

1. 前の席に背の高い人に _____ 、映画がよく見えませんでした。
（座る）

2. ゆうべ赤ん坊に _____ 、よく眠れませんでした。（泣く）

3. かわいがっていた犬に _____ 、とてもさびしいです。（死ぬ）

4. きのう隣の人に _____ 、うるさくて眠れませんでした。（騒ぐ）

5. どろぼうに _____ 対策を知っていますか。（入らない）

6. きらいな人にずっとそばに _____ 、いやでした。（いる）

7. 突然妻に _____ 、家事を全部しなければならなくなりました。
（倒れる）

8. 前の車に急に _____ 、もう少しで交通事故になるところでした。
（止まる）

ゆうべ妻に家を出て行かれた。

昨天晚上太太離家出走了。

もう少しのところで、犯人に逃げられてしまった。

差點（抓到時），還是讓犯人逃走了。

ちょっと留守にしていた隙に、泥棒に入られた。

稍微出門一下，就被小偷入侵了。

ライバルに先に司法試験に合格されてしまった。

被對手先考上了司法考試。

毎日深夜に赤ちゃんに泣かれて、ここ最近睡眠不足が続いている。

每天半夜嬰兒都在哭，害得我最近一直睡眠不足。

みんなには内緒で付き合っていたのに、同僚に気付かれてしまった。

瞞著大家偷偷交往，卻被同事發現了。

生涯独身を誓い合った友達に、先月結婚された。

一起發誓要一輩子單身的朋友，上個月（卻）結婚了。

テレビを見てるのに、前に立たれると見えないよ！

我在看電視，你站在前面我看不到啦！

せっかくの旅行は、ずっと雨に降られてあまり観光ができなかった。

難得的旅行，一直在下雨都不太能觀光。

待ち合わせ時間に１分遅れただけなのに、先に行かれてしまっていた。

明明只是遲到了一分鐘，（朋友）就先走掉了。

先生 せんせい ＿？＿ 出席 しゅっせき ＿？＿

に / していただきます　✕　を / させます

難易度 ◈ ◈ ◇

弄錯讓你吃不完兜著走『使役句』

正解

先生に出席していただきます。

老師，我們辦派對想請老師參加「先生をパーティーに出席させます。」這樣說沒錯吧？

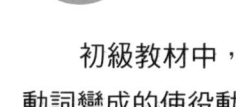

喔喔，要老師參加呀，可是……你們是校長嗎？

 使役句用於上對下，表示「強制」

　　初級教材中，學習使役句型時，大多把重點放在自動詞變成的使役動詞、或是他動詞變成的使役動詞。這是因為基礎學習時，會將重點放在助詞「を」「に」的正確用法與動詞的正確變化。

(1-1) 自動詞句：太郎 が 立ちました。 （太郎站了起來。）

(1-2) 使役句：先生は太郎 を 立たせました。 （老師要太郎站起來。）

(2-1) 他動詞句：太郎 が 野菜を食べました。 （太郎吃了蔬菜。）

(2-2) 使役句：先生は太郎 に 野菜を食べさせました。

（老師要太郎吃蔬菜。）

138

老師覺得應該強調一下，使役句主要用於「上對下」的強制用法。中文口語常說的「要老師參加」，如果沒考慮到上下關係而直譯的話，就會變成「先生を出席<ruby>先生<rt>せんせい</rt></ruby>を<ruby>出席<rt>しゅっせき</rt></ruby>させます」強制要老師出席這種怪說法。那要怎麼改呢？改成「<ruby>先生<rt>せんせい</rt></ruby>に<ruby>出席<rt>しゅっせき</rt></ruby>していただきます」（請老師參加）就好啦！

 ## 使役句除了「強制」，還能表示「允許」

使役句除了「強制」以外，還能表示「允許」，初級日語通常不會提到這點，因為對初學日語的外籍人士來說，不算常見用法。

(3-1) 自動詞句：<ruby>太郎<rt>た ろう</rt></ruby> が <ruby>公園<rt>こうえん</rt></ruby>で<ruby>遊<rt>あそ</rt></ruby>びました。

（太郎在公園裡玩。）

(3-2) 使役句：<ruby>母親<rt>ははおや</rt></ruby>は<ruby>太郎<rt>た ろう</rt></ruby> を <ruby>公園<rt>こうえん</rt></ruby>で<ruby>遊<rt>あそ</rt></ruby>ばせました。

（母親讓太郎在公園裡玩。）

(4-1) 他動詞句：<ruby>太郎<rt>た ろう</rt></ruby> が <ruby>漫画<rt>まん が</rt></ruby>を<ruby>読<rt>よ</rt></ruby>みました。

（太郎看了漫畫。）

(4-2) 使役句：<ruby>母親<rt>ははおや</rt></ruby>は<ruby>太郎<rt>た ろう</rt></ruby> に <ruby>漫画<rt>まん が</rt></ruby>を<ruby>読<rt>よ</rt></ruby>ませました。

（母親讓太郎看漫畫。）

對照一下例句（1）、（2）與例句（3）、（4）就可知道，在公園玩和看漫畫書本來就是小孩喜歡做的事，所以此時的使役句可解釋為「允許」。但是站起來和吃蔬菜通常是小孩不願意做的事，此時的使役句就應視為「強制」。

其實強制的使役或允許的使役也能以助詞「を」「に」區分。也就是說要表達強制時，傾向使用「を」；表達允許時，傾向使用「に」。例如「母親讓太郎在公園玩」這句話說成「母親（ははおや）は太郎（たろう）に公園（こうえん）で遊（あそ）ばせました」也很恰當。

不過，用助詞「を」「に」區分會有許多限制（也就是例外很多），所以這個用法參考一下就好。例如基於「二重（にじゅう）ヲ格（かく）の禁（きん）」（很神秘的一句話吧，意思就是一個動詞絕對不能有兩個「を」），他動詞構成的使役句，受使者後面的助詞還是只能用「に」。另外，跟移動有關的自動詞構成之使役句，若已經出現了「地點を」，即使原本的動詞是自動詞，受使者後面還是只能加上「に」。

(5-1) ✕ お母（かあ）さんは子（こ）どもを部屋（へや）を掃除（そうじ）させました。

(5-2) ○ お母（かあ）さんは子（こ）どもに部屋（へや）を掃除（そうじ）させました。

（媽媽要孩子打掃房間。）

(6-1) ✕ 先生（せんせい）は太郎（たろう）を運動場（うんどうじょう）を走（はし）らせました。

(6-2) ○ 先生（せんせい）は太郎（たろう）に運動場（うんどうじょう）を走（はし）らせました。

（老師要太郎跑操場。）

 使役句還可表示「誘發」，用於情感相關動作

使役用法除了「強制」和「允許」，其實還有第三種「誘發」的用法。 此用法用於情感相關動詞，相對一般的使役句跟「行為」有關，這一類的使役句老師喜歡稱為「情感使役句」。

(7) 太郎は嘘をついて、友だちを怒らせました。

（太郎說謊，讓朋友生氣了。）

(8) 太郎は会社を辞めて、社長を困らせました。

（太郎辭職，讓社長很傷腦筋。）

　　「心配する」（擔心）、「困る」（困擾）、「怒る」（生氣）、「泣く」（哭）、「笑う」（笑）都是「情感使役句」常用的動詞，而且從例句來看，大家應該會發現，表示「誘發」的使役因為跟情感相關，所以沒有上下關係的限制喔！

練習看看　請將以下句子翻成日文看看

1. 母親只有今天讓孩子玩電視遊樂器。
　　（お母さん・今日だけ・子ども・テレビゲーム・やる）

2. 社長要員工星期六也工作。（社長・社員・土曜日・仕事・する）

3. 母親讓孩子吃了喜歡的點心。（お母さん・子ども・好き・お菓子・食べる）

4. 老師要學生寫作文。（先生・学生・作文・書く）

5. 太郎說了有趣的事，讓大家笑。
　　（太郎・おもしろい・話・する・みんな・笑う）

6. 太郎一個人去旅行，讓父母擔心。
　　（太郎・1人・旅行・行く・両親・心配する）

7. 父母讓孩子上足球課。（親・子ども・サッカークラブ・通う）

8. 讓孩子走在馬路內側比較好。（子ども・道・内側・歩く・ほう・いい）

今日はうちの子の今学期最後の日だったが、熱が高かったので、学校を休ませた。

今天是孩子這學期的最後一天，但因為發高燒，所以讓他請假休息。

こちらの商品について、今すぐ担当者に説明させますので、少々お待ちください。

關於這邊的商品，現在立刻讓負責的同仁來說明，請稍候。

上司が部下にお酒を飲ませることを、最近では「アルハラ」と言うそうだ。

據說上司要下屬喝酒這種事最近稱為「酒類騷擾」。

どんな仕事であろうと、私は子供に好きなことをさせるつもりだ。

不管是什麼樣的工作，我都打算讓孩子做他喜歡做的事。

娘が行きたいとせがむので、心配もあるが、アメリカに留学させることにした。

女兒一直吵著說想去，所以雖然也會擔心，但是還是決定讓她去美國留學。

最近、食事中でも子供にスマホで遊ばせている親をよく見かける。

最近常看到，在吃飯時仍讓孩子玩智慧型手機的父母。

どこの馬の骨ともわからない奴と、うちの娘を結婚させるわけにはいかない。

不能讓我女兒和這種來歷不明的傢伙結婚！

彼はクラスのムードメーカーで、いつも冗談を言っては、みんなを笑わせている。

他是班上最會營造氣氛的人，隨時都會說笑話讓大家笑。

きのうは二人の結婚記念日を忘れていて、妻をがっかりさせてしまった。

忘了昨天是兩人的結婚紀念日，讓妻子很失望。

もうすぐ母の日だが、母を喜ばせるためにどんなプレゼントをあげればいいか、今から悩んでいる。

母親節就快到了，從現在就在煩惱，為了讓母親開心，要送什麼禮物好呢？

試験のとき、私は隣の人に答えを　？　。

見させられました

見さされました

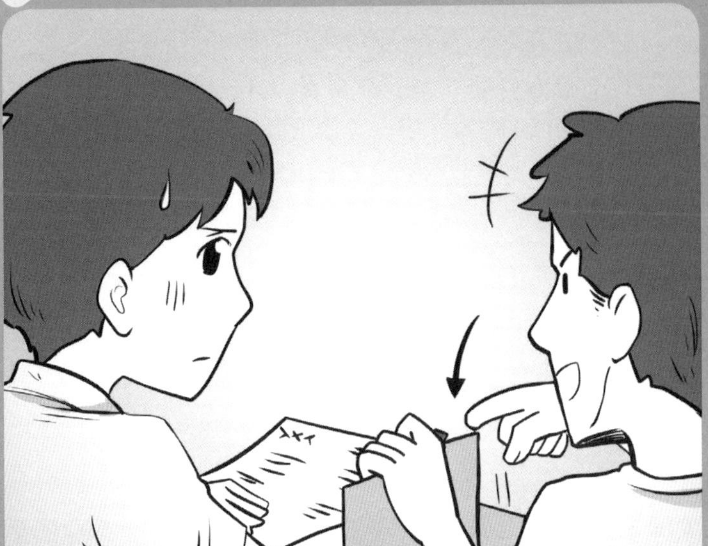

難易度 💎 💎 💎

　47

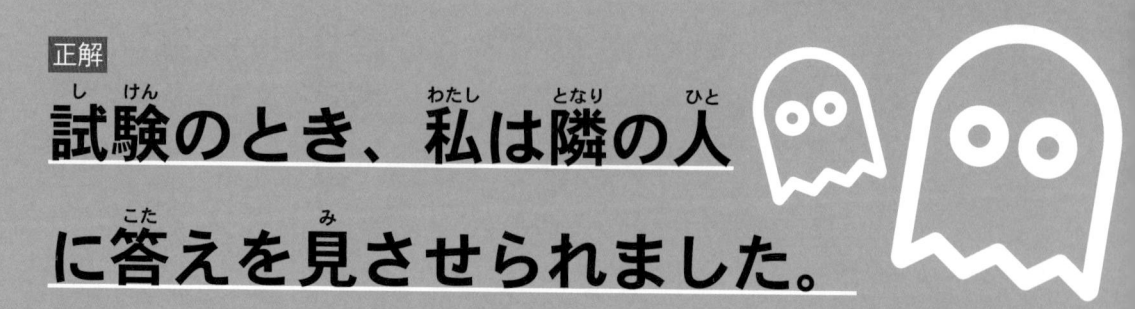

正解

試験のとき、私は隣の人に答えを見させられました。

老師，好討厭喔！「試験のとき、私は隣の人に答えを見させられました。」到底是什麼意思呀？

老師好討厭？誰討厭？真的好討厭喔！人家分不出來到底是誰看誰的答案了呀～（拈花指）。「使役被動」大概是初級日語自學者永遠的痛吧？希望這個痛就到今天為止吧！

 ## 「～される」「～(さ)せられる」都是使役被動的語尾

　　解說前，老師先分析一下為什麼使役被動這麼難搞。第一個原因是，台灣常用的幾本日語教材並沒有把這個用法歸在初級，所以大家比較沒有機會在課堂上學到；第二個原因則是被動、使役都不熟悉了，再來個使役被動就全部搞混啦！

第一類動詞使役被動形：(1) ます形→ a 段音＋せられる

(2) ます形→ a 段音＋される

ます形	飲みます	話します
使役形	飲ませる	話させる
使役被動形 (1)	飲ませられる	話させられる
使役被動形 (2)	飲まされる	無此變化

第二類動詞使役被動形：ます形＋させられる

ます形	食^たべます	着^きます
使役形	食^たべさせる	着^きさせる
使役被動形	食^たべさせられる	着^きさせられる

第三類動詞使役被動形：

ます形	します	来^きます
使役形	させる	来^こさせる
使役被動形	させられる	来^こさせられる

　　使役被動，顧名思義就是使役加上被動，所以要將動詞先變成使役形、再變成被動形。規則講到這裡，開始有人懷疑了吧？「咦？ 第一類動詞不是語尾變成 a 段音加上『される』嗎？」

　　沒有錯，有些書上的確這麼寫，不過「～される」裡的「さ」（sa）其實是「～せられる」裡的「せ」（se）、「ら」（ra）合而為一變來的，所以第一類動詞變成「～される」和「～せられる」都正確。不過，老師還是建議先記住「使役變被動」這個基本規則，因為這樣就不用多背一個動詞變化，而且第一類動詞變成「～される」其實是有限制的。

　　這個限制就是第一類動詞的ます形語尾是「し」的時候，不能變成「～さされる」，只能維持「～させられる」；而第二類動詞、第三類動詞的使役被動語尾仍是維持「～させられる」，因為如果簡化的話，就會變成「～さされる」，例如「食^たべさせられる」簡化的話就會變成「（×）食^たべさされる」，大家只要記得「～さされる」是不存在的說法即可。

 使役被動表示「受迫」、「被逼」

　　「使役句變成被動句所構成的使役被動句」，聽起來超級複雜，但是老師建議大家，就記住使役被動表示「受迫」「被逼」就好啦！有沒有發現，中文的「受／迫」「被／逼」，不就是表示被動的「受」「被」與表示使役的「逼」「迫」所組合而成的呢？

主動句：田中さんはお酒を飲みました。

（田中先生喝了酒。）

使役句：課長は田中さんにお酒を飲ませました。

（課長要田中先生喝酒。）

使役被動句：田中さんは課長にお酒を飲まされました。

（田中先生被課長灌酒。）

　　基本的句子我們稱為主動句，其實就是表達主詞基於自己的意志進行的行為。變成使役被動句後，主詞還是回到同一個人，但就變成表達並非基於自己的意志進行的行為。而這種「不情願」的感覺，我們就稱為「受迫」「被逼」。

　　看完了老師以上的說明，各位應該知道，使役被動本身並不難，只要掌握①「～される」「～（さ）せられる」都是使役被動語尾、②使役被動帶有「不情願」之意這兩點，基本上已經足夠。接下來，就是花點心思，區別出主動句、使役句、使役被動句結構上的不同。對了，也要小心被動句喔！

主動句：試験のとき、私は隣の人の答えを見ました。

考試的時候，我看了隔壁的答案。（謎之音：嘻嘻，偷看喔！）

被動句：試験のとき、私は隣の人に答えを見られました。

考試的時候，我被隔壁的人看了答案。（謎之音：討厭，不要看！）

使役句：？ 試験のとき、私は隣の人に答えを見させました。

考試的時候，我要隔壁的人看答案。（謎之音：去看第一名的答案吧！）

使役被動句：？ 試験のとき、私は隣の人に答えを見させられました。

考試的時候，我被隔壁的人逼著看答案。（謎之音：同學，我不想作弊啦！）

練習看看

依句義從［主動 / 被動 / 使役 / 使役被動］中選出最恰當的說法

1. 子どものとき、兄とけんかをして、よく兄に［泣き / 泣かれ / 泣かせ・泣かされ］ました。
2. 子どものとき、妹とけんかをして、よく妹を［泣き / 泣かれ / 泣かせ / 泣かされ］ました。
3. 鈴木さんは彼女に１時間も［待って / 待たれて / 待たせて / 待たされて］、怒っています。
4. 祖父は病気をして、みんなを［心配した / 心配された / 心配させた / 心配させられた］が、もう元気になりました。
5. 太郎は宿題を忘れて先生に［立ち / 立たれ / 立たせ / 立たされ］ました。
6. 私は先生に何度も［注意して / 注意されて / 注意させて / 注意させられて］いやになりました。

キャッチセールスにつかまり、もう少しで高額な化粧品を買わされそうになった。

被路上推銷的人纏上，差一點就被迫買了高價的化妝品。

子供の頃バイオリンを習わされていたが、練習が苦痛で仕方がなかった。

小時候被逼著學小提琴，練習痛苦得不得了。

会社の業績が悪くなり、たくさんの人がリストラで会社を辞めさせられた。

公司業績變糟，很多人因為裁員被迫離職。

私は３人兄弟の長男だったので、小さい頃はいつも我慢ばかりさせられていた。

我是三兄弟的長男，所以小時候總是被逼著要忍耐。

昔は給食で嫌いなものがあっても全部食べさせられていたが、今では無理して食べなくてもいいそうだ。

過去，營養午餐如果有不喜歡的東西也會被逼著全部吃完，但是聽說現在可以不用勉強吃掉。

愚痴を言う方はすっきりするかもしれないが、聞かされる方はたまったもんじゃない。

抱怨的這一方也許會很舒暢，但是被迫聽的這一方會很受不了。

歴史の授業で、たくさんの年号を覚えさせられたが、今ではすっかり忘れてしまった。

歷史課中被逼著記許多年號，但現在完全忘光了。

台湾に来たばかりのころ、街中を走っているバイクの多さにびっくりさせられた。

剛來台灣時，對於這麼多奔馳在街道上的摩托車不禁感到驚訝。

勉強嫌いな息子には心配させられっぱなしだったが、志望校に合格できて本当によかった。

過去不愛唸書的兒子總令人擔心，但能考上理想的學校真是太好了。

あの映画を見て、「生きる意味とは何だろう」と、人生について考えさせられた。

看了那部電影，關於人生，不禁思考著「何謂活著的意義」。

家へ　__?__　、手を洗いな
さい。

帰ったら ✕ 帰れば

難易度 ◇ ◇ ◇

正解

家へ帰ったら、手を洗いなさい。

> 老師，「ば」是假定形，應該可以用來表示「回家」和「洗手」的關係，但「家へ帰れば手を洗いなさい」這句話怎麼有人說不對呀？

> 是的，這個說法的確不恰當。不過要怎麼解釋呢？雖然有點困難，就讓我來說明得淺顯易懂吧！

 ## 「〜ば」的前面若為<u>動作性動詞</u>時，句尾有使用限制！

　　這麼困難的文法，老師就開門見山地說吧！當「〜ば」的前面為動作性動詞時，句尾不能出現意志相關句型。所謂意志相關句型，指的是「〜たい」（願望）、「〜ましょう」（提議）、「〜てください」（請託）、「〜ほうがいい」（建議）、「〜なさい」（命令）等句型。接下來的例句或許大家都覺得可以理解，但其實是不正確的。

(1-1) ✕ 家へ帰れば、手を洗いたいです。

(2-1) ✕ 家へ帰れば、手を洗いましょう。

(3-1) ✕ 家へ帰れば、手を洗ってください。

(4-1) ✗ 家へ帰れば、手を洗ったほうがいいです。

(5-1) ✗ 家へ帰れば、手を洗いなさい。

　　「～ば」的前面若為動作性動詞時，句尾不能出現意志相關句型的主要原因是「～ば」是理論、邏輯上的假定，無法表示前後行為的時間關係，所以這種情況應該改為可以清楚表達時間先後關係的假定用法「～たら」。

(1-2) 家へ帰ったら、手を洗いたいです。（回家之後，我想洗手。）

(2-2) 家へ帰ったら、手を洗いましょう。（回家之後洗手吧！）

(3-2) 家へ帰ったら、手を洗ってください。（回家之後請洗手！）

(4-2) 家へ帰ったら、手を洗ったほうがいいです。（回家之後最好洗手！）

(5-2) 家へ帰ったら、手を洗いなさい。（回家之後要洗手！）

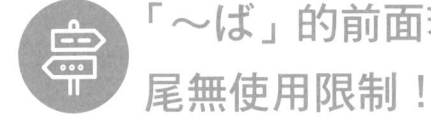 **「～ば」的前面若為狀態性動詞或形容詞時，句尾無使用限制！**

　　但如果「～ば」的前面若是狀態性動詞（例如「ある」、「いる」、或是動詞否定形、可能形）或形容詞時，句尾的使用限制就不存在了。此時無論是「～ば」還是「～たら」，都能構成正確的說法，意思也非常接近。

(6-1) お金があれば、日本へ行きたいです。（有錢的話，想去日本。）

(6-2) お金があったら、日本へ行きたいです。（有錢的話，想去日本。）

(7-1) 汚ければ、手を洗いなさい。（髒的話要洗手。）

(7-2) 汚かったら、手を洗いなさい。（髒的話要洗手。）

假定用法中，還有一個表示必然結果的「～と」，使用時其實有點類似「～ば」，但限制更為嚴格。那就是句尾在任何情況下都不能出現「～たい」（願望）、「～ましょう」（提議）、「～てください」（請託）、「～ほうがいい」（建議）、「～なさい」（命令）等意志相關句型。

(1-1) ✕ 家へ帰れば、手を洗いたいです。

(1-2) 〇 家へ帰ったら、手を洗いたいです。

(1-3) ✕ 家へ帰ると、手を洗いたいです。

(5-1) ✕ 家へ帰れば、手を洗いなさい。

(5-2) 〇 家へ帰ったら、手を洗いなさい。

(5-3) ✕ 家へ帰ると、手を洗いなさい。

(6-1) 〇 お金があれば、日本へ行きたいです。

(6-2) 〇 お金があったら、日本へ行きたいです。

(6-3) ✕ お金があると、日本へ行きたいです。

(7-1) 〇 汚ければ、手を洗いなさい。

(7-2) ○ 汚かったら、手を洗いなさい。

(7-3) ✕ 汚いと、手を洗いなさい。

　　以例句（1）、（5）、（6）、（7）為例，大家就會發現，不能使用「～ば」的例句（1-1）、（5-1）當然也不能變成使用「～と」的例句（1-3）、（5-3）；但即便是可以使用「～ば」的例句（6-1）、（7-1），仍不能變成例句（6-3）、（7-3）。

練習看看　請確認下列句子是否正確

1. (　　　) わからなければ、いつでも聞いてください。

2. (　　　) ここを押せば、ドアが開きます。

3. (　　　) 走れば、間に合います。

4. (　　　) 駅に着けば、電話をかけてください。

5. (　　　) 困っていれば、相談に来てください。

6. (　　　) 北海道へ行けば、おみやげを買おう。

あの新発売のお菓子、試食しておいしければ、買おうかなぁ。

那個新發售的點心，試吃一下，好吃的話就買吧！

クーラーが効きすぎて寒ければ、どうぞ設定温度を上げてください。

如果冷氣太強很冷的話，請將設定溫度往上調。

どうすれば、日本語が上手に話せるようになりますか。

怎麼做日文才能說得好呢？

日本人の友達をつくって毎日話すようにすれば、上手になると思います。

我想，如果交個日本朋友盡量每天聊天的話，（日文）就會變好。

あと 10 円あれば、豪華な焼肉弁当が買えたのに～！本当に残念だ。

如果再多十塊錢，就可以買豪華的燒肉便當了呀！真是遺憾。

台湾では、端午節を過ぎれば、本格的な夏がやって来るといわれている。

在台灣大家都說過了端午節，真正的夏天就會到來。

期末試験をなんとか乗り切れば、楽しい夏休みはもう目の前だ。

努力通過期末考，快樂的暑假就在眼前。

鈴木さんは明太子さえあれば、何杯でもごはんが食べられると言っている。

鈴木先生說只要有明太子，幾碗飯都吃得下。

ドラえもんが「アンキパン」さえ出してくれれば、毎日勉強しなくてもいいのにな～。

只要哆啦 A 夢給我記憶吐司的話，就可以不用每天讀書了呀～

「住めば都」という諺の通り、田舎暮らしも思っていたほど悪くない。

就如同「久居則安」這句諺語，鄉間生活也沒之前想的那麼糟。

海外旅行に　？　、大型
スーツケースをかそうか。

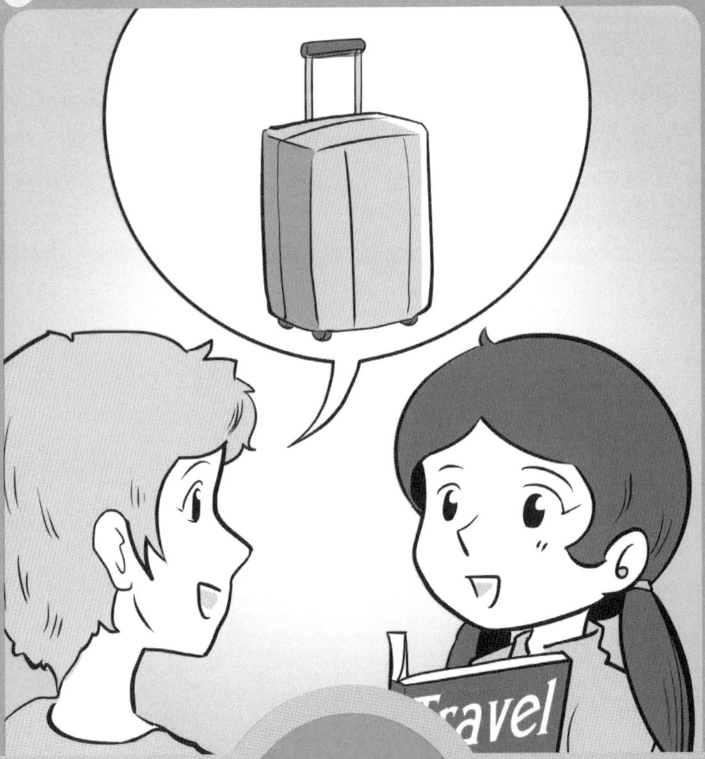

行くなら  行ったら

難易度 ◇ ◇ ◇

🎧 51

正解

海外旅行に行くなら、
大型スーツケースをかそうか。

老師，朋友要出國，我說「海外旅行に行ったら、大型スーツケースを貸そうか。」想借他大行李箱，可是他不領情耶！

他當然不領情呀，你還真是一點誠意都沒有耶！好啦，老師就不再唸你了。這一次真的不算你的錯。初級日文的教科書裡的確都沒有提到這個問題呀！

 ## 「A たら B」：先做 A 再做 B

　　動詞た形加上「ら」構成的「〜たら」是假定句型之一，常翻譯為「〜的話」「〜之後」。也就是前後兩個動作的時間性是固定的，一定是「〜たら」前面的動作先完成，然後才是「〜たら」後面的動作。

(1) 北海道へ行ったら、スキーをしようと思います。

（去了北海道想要滑雪。）

(2) 駅に着いたら、電話してください。

（到了車站請打電話給我。）

「～たら」前後兩個動作有時間上的先後關係，這就是為什麼要用動詞た形加上「ら」。因為た形表示前一個動作的完成，這個動作完成之後才進行下一個動作。「海外旅行に行っ<u>たら</u>、大型スーツケースを貸そうか」這句話有問題也就是這個原因──「你出國旅遊後，我借你大行李箱吧」多沒誠意！ 出國後才借？ 哪需要呀！

 ## 「A なら B」：先做 B 再做 A

「海外旅行に行く<u>なら</u>、大型スーツケースを貸そうか？」（你要去國外旅行的話，我借你大行李箱吧）──要這樣修改才正確。也就是不能用「～たら」而要用「～なら」。

「用『～なら』？ 老師你沒搞錯吧？『～なら』明明是名詞和ナ形容詞的假定形不是嗎？」

你說得不算錯，在假定形「～ば」的定義上，名詞和ナ形容詞的假定形的確是直接加上「～なら（ば）」。不過初級日語教科書的漏洞就在這裡，其實「～なら」前面可以接動詞字典形，構成「字典形＋なら」。

(3) パソコンを<u>買う</u>なら、秋葉原へ行くといいです。

（要買電腦的話，去秋葉原就好。）

(4) あのレストランへ<u>行く</u>なら、予約が必要ですよ。

（要去那家餐廳的話，必須預約喔！）

這個句型表示「前提」，「～なら」前面的動詞以字典形表示就是因為該行為尚未發生，是進行下一個動作的前提。所以「動詞字典形＋なら」可以翻譯為「如果要～」。

其實「〜なら」前面未必不能是た形,「動詞た形＋なら」也是正確說法。雖然這說法不常見,但只要掌握「〜なら」表示「前提」的概念,句子的意思應該也不難理解。

食事<ruby>食<rt>しょく</rt></ruby><ruby>事<rt>じ</rt></ruby>したら、カラオケに<ruby>行<rt>い</rt></ruby>こう。（吃完飯去唱 KTV 吧！）

<ruby>食<rt>しょく</rt></ruby><ruby>事<rt>じ</rt></ruby>するなら、あのレストランに<ruby>行<rt>い</rt></ruby>こう。（要吃飯的話,去那家餐廳吧！）

<ruby>食<rt>しょく</rt></ruby><ruby>事<rt>じ</rt></ruby>したなら、カラオケに<ruby>行<rt>い</rt></ruby>こう。（既然吃過飯的話,去唱 KTV 吧！）

 ## 「た形＋ら」VS.「字典形＋なら」

最後,再比較一下「〜たら」和「〜なら」句型的差異。下面例句（5）、(6)的前後兩個動作完全相同,唯一的差異就在於「〜たら」還是「〜なら」。例句（5）用了「〜たら」,表示先進研究所,然後再看這本書;例句（6）用了「〜なら」,表示先看這本書後才進研究所。

(5) **<ruby>大<rt>だい</rt></ruby><ruby>学<rt>がく</rt></ruby><ruby>院<rt>いん</rt></ruby>に<ruby>進<rt>すす</rt></ruby>んだら、この<ruby>本<rt>ほん</rt></ruby>を<ruby>読<rt>よ</rt></ruby>んでください。**

（進了研究所的話,請看這本書！）

(6) **<ruby>大<rt>だい</rt></ruby><ruby>学<rt>がく</rt></ruby><ruby>院<rt>いん</rt></ruby>に<ruby>進<rt>すす</rt></ruby>むなら、この<ruby>本<rt>ほん</rt></ruby>を<ruby>読<rt>よ</rt></ruby>んでください。**

（要讀研究所的話,請看這本書！）

再說得簡單一點,例句（5）裡的書,很有可能是該研究所課程所需的相關書籍;例句（6）裡的書,則應該是研究所升學用的相關書籍。這樣區分,應該很清楚了吧！

練習看看 利用以下單字，完成預防酒後肇事的五原則吧！

（人・酒・飲む・勧める・運転する・同乗する）

1. 開車不喝酒。

2. 酒後不開車。

3. 不向開車的人勸酒。

4. 不讓喝酒的人開車。

5. 不搭喝酒的人的車。

夏休み、沖縄に行くなら、早くホテルを予約したほうがいいですよ。

暑假要去沖繩的話，早一點訂飯店比較好喔！

沖縄へ行くなら、日焼け止めを買ってきてあげよう。

要去沖繩的話，我幫你買個防曬油吧！

沖縄へ行ったら、沖縄黒飴を買おう。

去了沖繩，買沖繩黑糖吧。

安いお酒をたくさん飲んだら、頭が痛くなるよ。

喝很多廉價酒的話，會頭痛喔！

雨が降ったら、少し涼しくなるだろう。

下雨的話，會稍微變涼一點吧！

ゲームをするなら、宿題をしてからにしなさい。

要玩遊戲的話，做完功課再玩！

大学へ行ったら、テニスサークルに入るつもりです。

上了大學的話，打算加入網球社。

あなたが行くなら、私も行きます。

你去的話我也去。

パリへ行ったら、ルイヴィトンのバッグを買おう。

去了巴黎，想買個 LV 的包包。

パリへ行くなら、この本を読んでおいた方がいいだろう。

要去巴黎的話，先讀這本書比較好吧！

Quiz 27　妹妹想吃霜淇淋。

妹はソフトクリーム　？　。
いもうと

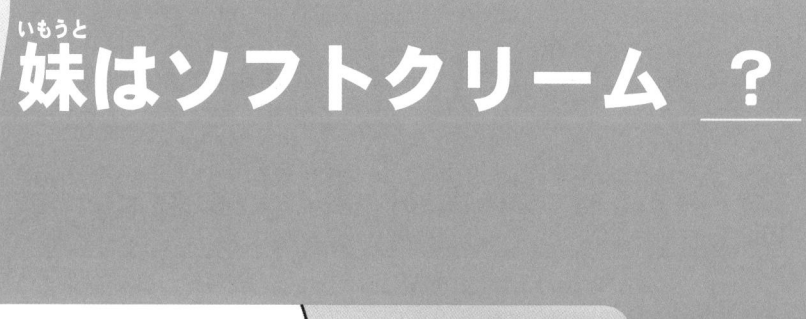

を食べたがっ
ています

が食べたいです

難易度 ◈ ◈ ◈

🎧 **53**

正解

妹はソフトクリームを食べたがっています。

> 老師，我妹妹想吃霜淇淋……「妹はソフトクリームが食べたいです。」這個句子哪裡不對？還是……要改成アイスクリーム？

> 今天不要叫我老師，叫我小莊吧。有一天，我和朋友小惠說「河裡的魚游得真快樂」，小惠說「你不是魚，怎麼知道魚快樂呢？」所以，你又不是妹妹，怎麼知道你妹妹想吃霜淇淋呢？

 ## 第一人稱願望句型「ます形＋たい」

日文中，跟情感有關的形容詞通常有「人稱」限制，表示願望的「～たい」便是如此，除了第一人稱肯定句外，頂多用於第二人稱疑問句，<u>絕對不能用在第三人稱為主詞的句子</u>。

(1) ○ わたしはソフトクリームが食べたいです。

（我想吃霜淇淋。）

(2) ○ あなたはソフトクリームが食べたいですか。

（你想吃霜淇淋嗎？）

(3) ✕ 妹はソフトクリームが食べたいです。

同樣表示願望的イ形容詞「ほしい」也有相同限制，因為情感是個人內心的感覺，從外表是看不出來的，無法用來表達他人的願望。

(4) 〇 わたしは小(ちい)さいスマホがほしいです。

（我想要小一點的智慧型手機。）

(5) 〇 あなたは小(ちい)さいスマホがほしいですか。

（你想要小一點的智慧型手機嗎？）

(6) ✕ 弟(おとうと)は小(ちい)さいスマホがほしいです。

 第三人稱願望句型「ます形＋たがる」

表第三人稱願望則要將「～たい」的語尾「い」去掉，加上「がる」，構成「～たがる」，也就是將形容詞變成動詞，藉由行為看出願望。例如「妹(いもうと)はソフトクリームを食(た)べたがっています」這句話，就彷彿讓我們看到「妹妹邊流口水邊盯著路邊的霜淇淋機」這樣的畫面。

(7) 妹(いもうと)はソフトクリームを食(た)べたがっています。

（妹妹想吃霜淇淋。）

(8) 娘(むすめ)はイギリスの大学(だいがく)に行(い)きたがっています。

（女兒想去英國的大學。）

「ほしい」同樣要將語尾「い」去掉，加上「がる」，構成「ほしがる」。不過要小心的是，原本形容詞「ほしい」已經變成了他動詞「ほしがる」，所以「名詞＋がほしい」中的「が」就要改成表受詞的「を」，變成「名詞＋をほしがる」。

(9) 妹<ruby>妹<rt>いもうと</rt></ruby>はソフトクリームをほしがっています。

（妹妹想要霜淇淋。）

(10) 弟<ruby>弟<rt>おとうと</rt></ruby>は小<ruby>小<rt>ちい</rt></ruby>さいスマホをほしがっています。

（弟弟想要小一點的智慧型手機。）

 ## 「〜たがる」VS.「〜たがっている」

「老……さ，小……小莊，你說『〜たい』變成『〜たがる』、『ほしい』變成『ほしがる』，那為什麼例句最後都變成『〜たがっています』和『ほしがっています』呢？」

喔〜這個問題呀！其實剛剛舉的例子都是特定情況，所以用「〜ています」表示當時行為的狀態。如果描述的不是特定的情況而是「常態」，那就不需加上「〜ています」啦！

(11) 子<ruby>子<rt>こ</rt></ruby>どもは誰<ruby>誰<rt>だれ</rt></ruby>でもチョコレートを食<ruby>食<rt>た</rt></ruby>べたがります。

（只要是小孩，都會想吃巧克力。）

(12) 3<ruby>3<rt>さんさい</rt></ruby>歳の健<ruby>健<rt>けん</rt></ruby>はいつもお姉<ruby>姉<rt>ねえ</rt></ruby>ちゃんのものをほしがります。

（三歲的健總是想要他姊姊的東西。）

　　前面提到「名詞＋がほしい」要變成「名詞＋をほしがる」，而「～たい」和「～たがる」也有類似限制。雖然「～たい」前面的「が」常和「を」互換使用，但要變成「～たがる」時則為「～をたがる」。

○ わたしはこの映画（えいが）が見（み）たいです。

○ わたしはこの映画（えいが）を見（み）たいです。

○ 太郎（たろう）はこの映画（えいが）を見（み）たがっています。

× 太郎（たろう）はこの映画（えいが）が見（み）たがっています。

　　如果要表示「我想看這部電影」，「映画（えいが）」後面的助詞用「を」「が」皆可；如果要表達「太郎想看這部電影」，「映画（えいが）」後面的助詞就只能用「を」。

練習看看　請將以下句子翻成日文看看

1. 我想要一台好車。

2. 弟弟想要一台好車。

3. 誰都會想要一台好車。

4. 我想買新手機。

5. 妹妹想買新手機。

6. 來這裡的客人都想買新手機。

田中君は、ずっと日本へ留学に行きたがっています。

田中同學一直想去日本留學。

私は田舎に住んで、海も山も見える大きな家がほしいです。

我想住在鄉下、有間可以看到山也可以看到海的大房子。

台湾に来る日本人は、たいてい故宮博物院を見学したがります。

會來台灣的日本人，大多想參觀故宮博物院。

「君たちは、卒業後日本語を使ってどんな仕事がしたいのか。」

「你們畢業後，想要用日文從事怎樣的工作呢？」

弟はスマホをほしがっていたのに、結局 8 インチのタブレットを買った。

弟弟明明之前想要智慧型手機，結果卻買了八吋的平板電腦。

僕は新鮮なマグロ、鮭、エビなどお刺身山盛りの海鮮丼が食べたい。

我想吃有滿滿的新鮮鮪魚、鮭魚、蝦子生魚片的海鮮丼。

うちのポチは、妻が玄関の方に行くと、シッポを振り散歩したがる。

我家的那隻波奇，只要太太一往玄關走，就搖著尾巴想散步。

「雅治、サッカーに出かけたいなら、早く宿題をやってしまいなさい！」

「雅治，想去踢足球的話，就趕快把作業做完！」

私たちは、読者の皆さんに EZ Japan を十分に活用していただきたいのです。

我們希望各位讀者充分應用 EZ Japan。

「誰があんな男と付き合いたがっているの？」と言われて、ビクッとした。

「誰想和那種男生交往？」被這麼一說，感到一陣錯愕。

まじめに勉強　<ruby>？<rt></rt></ruby>　です。

したい　⚔　してほしい

難易度　◇　◇　◇　🎧 **55**

又是刲，又是乎系 ……殺很大的『たい VS. てほしい』

正解

まじめに勉強<ruby>勉強<rt>べんきょう</rt></ruby>してほしい です。

老師，我們老師好奇怪喔！ 你看看，他居然跟我們說他想認真讀書？

有這種事！ 我來看看。嗯嗯，這是老師對你們說的話對吧，沒什麼奇怪的呀！……奇怪的是你吧！

名詞がほしい VS. 動詞ます形＋たい

看來要先從這兩個基本的願望句型談起了，「～ほしい」、「～たい」中文都用「我想要～」表達。但「～ほしい」前面要加名詞，構成「名詞がほしい」；「～たい」之前則要接動詞ます形，構成「動詞ます形＋たい」。

(1) 車<ruby>車<rt>くるま</rt></ruby>がほしいです。（我想要車子。）

(2) 車<ruby>車<rt>くるま</rt></ruby>を買<ruby>買<rt>か</rt></ruby>いたいです。（我想買車子。）

「～ほしい」前面的名詞原則上是物品名詞，不過有時候也能加上表示「人」，或是表示「時間」的名詞。「人」和「時間」並不是花錢就買得到的，所以此時是將人和時間「擬物化」，表達強烈的渴望。

168

(3) 彼氏／彼女がほしいです。（我想要男／女朋友。）

(4) 時間がほしいです。（我想要時間。）

　　然而「～ほしい」前面可以是物品、可以是人、可以是時間，但就是不能加上表示「事情」的名詞。例如「旅行」雖然也是名詞，但是是「帶有動作的事情」，因此不能加上「～ほしい」，而是要先將「旅行」動詞化：旅行→旅行します（第Ⅲ類動詞）；再以「旅行します」的ます形加上「たい」，形成「旅行したいです」才恰當。

(5) ✕ 旅行がほしいです。

(6) 〇 旅行したいです。

　　（我想要旅行。）

 ## 動詞ます形＋たい VS. 動詞て形＋ほしい

　　所以呀，同學～如果你的老師要說「我想認真唸書」，那他應該會說「まじめに勉強したいです」，所以是你誤會他囉！

　　那麼，老師說的「まじめに勉強してほしいです」到底是什麼意思呢？句尾是「ほしい」，所以一樣是表達「說話者的願望」，只不過前面的「動詞て形」指的是「對方的行為」。老師整理一下囉，相較於「動詞ます形＋たい」（我想～），「動詞て形＋ほしい」是「希望對方做某事」，中文通常說「希望你～」。

(7) まじめに勉強したいです。（我想認真讀書。）

(8) まじめに勉強してほしいです。（希望你認真讀書。）

 「〜てほしい」VS.「〜ないでほしい」

　　「〜てほしい」是用「願望」委婉地來表達希望對方做某件事情，如果要強烈一點表達的話，就可使用「〜てください（動詞て形＋ください）」。各位比較一下例句（9）、（10），這兩個例句的意思是不是很接近呢？接下來，請動動腦，「〜てほしい」是希望對方做某件事，那麼，「希望對方<u>不要</u>做某件事」要如何表達呢？

(9) 私の話を聞いてほしい。（希望你聽我說的話。）

(10) 私の話を聞いてください。（請你聽我說的話。）

　　想到了嗎？既然剛剛比較了「〜てほしい」（希望你〜）和「〜てください」（請你〜），請先想想「〜てください」的否定用法是什麼？沒錯，是「<u>〜ないでください</u>（動詞ない形＋でください）」（請不要〜）。既然如此，我們可以用「〜ないで」加上「ほしい」，也就是用「<u>〜ないで</u>ほしい（動詞ない形＋でほしい）」就能表達「希望你不要〜」的意思囉！

(11) 夜 11 時を過ぎたら、洗濯しないでほしい。

（過了晚上十一點的話，希望你不要洗衣服。）

(12) 夜 11 時を過ぎたら、洗濯しないでください。

（過了晚上十一點的話，請你不要洗衣服。）

170

1. 予定が決まったら、すぐ（知らせる）_____ です。

行程確定之後，希望立刻通知我。

2. このことはほかの人に（言う）_____ です。

這件事情希望不要跟別人說。

3. ごみは決められた時間に（出す）_____ 。

希望垃圾在規定的時間倒。

4. 駅の前に自転車を（置く）_____ 。

希望不要把腳踏車放在車站前。

5. すぐに（来る）_____ 。

希望你立刻過來。

6. 宿題を（出す）_____ 。

希望不要出作業。

7. 早く（暖かくなる）_____ 。

希望早點變得暖和。

8. そんなに（怒る）_____ 。

希望不要那麼生氣。

そろそろ僕もスマホがほしいなあ。
我也想要智慧型手機了呢！

今度日本へ行ったら、AKB４８のライブを見に行きたい。
下次去日本的話，我想去看 AKB48 的現場演出。

留学をしたいが、まずはそのためのお金と日本語能力がほしい。
我想要留學，不過希望先有去留學的錢和日文能力。

主人が退職したら、掃除、洗濯、ごみ出し、犬の散歩を手伝って
ほしい。
先生退休之後，希望他幫忙掃地、洗衣、倒垃圾、遛狗。

勉強も大切だけど、健康のため、夜更かしはしないでほしい。
讀書雖然也很重要，但是為了健康，希望你不要熬夜。

２０２０年の東京オリンピック成功のため、台風、地震だけは来
ないでほしい。
為了 2020 年東京奧運成功，希望至少颱風、地震不要來。

「孝、玄関で物音がしたので、ちょっと見てきてほしいんだけど。」
「阿孝，因為玄關有怪聲音，希望你去看一下。」

せっかく冬物のコート買ったんだから、早く寒くなってほしいなあ。
特地買了冬天的外套，所以希望快點變冷呀！

残業続きなので、仕事が一段落したら、一週間ぐらい休暇がほしい。
因為一直在加班，所以希望工作告個段落後，有一個星期左右的假期。

結婚が決まったら、連絡してほしいです。必ず祝福に駆けつけます。
婚事確定之後，希望你通知我。我一定會去祝福你。

あの人は韓国人（かんこくじん）　？　です。

のよう　⚔　そう

難易度 💎 💎 💎

正解

あの人は韓国人のようです。

> 老師，我聽過老師說『～そう』這個句型是『看起來～』的意思，可是『那個人看起來是韓國人』這句話為什麼不能說成『あの人は韓国人そうです』呢？

> 你們老師說的沒錯，「～そう」說成「看起來～」是相當精確的，可是「那個人看起來是韓國人」也真的不行用「～そう」來表示啦！原因是這樣的……嗯，說來話長～

 樣態「～そう」建議譯為「看起來／就要～」

開始之前，老師先提醒一下「～そう」有「樣態」和「傳聞」兩個用法，但是我們這個單元要討論的是「樣態」喔！

樣態「～そう」用在什麼情況呢？如果我們想要將看到的情境、感覺，主觀地傳達給其他人時，就會用到「～そう」。當看到一道令人垂涎欲滴的料理，明明還沒吃，但光用眼睛看就流口水了，這時我們會說「おいしそうです」（看起來好好吃）；如果已經吃得津津有味，則是「おいしいです」（很好吃）。這時前面通常是形容詞，若是イ形容詞，要先刪除語尾「い」再加上「そう」；若是ナ形容詞，就直接加上「そう」就可以了。

おいしいです。 ⇒ おいし~~い~~＋そう ⇒ おいしそうです。

（很好吃。） （看起來很好吃。）

からいです。 ⇒ から~~い~~＋そう ⇒ からそうです。

（很辣。） （看起來很辣。）

ナ形容詞

元気です。 ⇒ 元気＋そう ⇒ 元気そうです。

（很有精神。） （看起來很有精神。）

　　樣態「～そう」前面除了接形容詞表示「看起來～」之外，也能加上動詞。由於動詞通常表示一個動作，這個時候則是用來表示某個動作即將發生，常翻譯為「就要～」，動詞則要以「ます形」連接「～そう」。

荷物が落ちます。 ⇒ 落ち＋そう ⇒ 荷物が落ちそうです。

（行李會掉下來。） （行李就要掉下來了。）

雨が降ります。 ⇒ 降り＋そう ⇒ 雨が降りそうです。

（會下雨。） （就要下雨了。）

樣態「～そう」前面不可接名詞

　　樣態「～そう」的前面可以是形容詞、可以是動詞，但就是不能是名詞。為什麼呢？因為名詞表示的已經是本質、事實了，所以不管是韓國人還是外星人，都不能加上「～そう」。

韓国人です（是韓國人。）　⇒　✕ **韓国人そうです。**

異星人です（是外星人。）　⇒　✕ **異星人そうです。**

　這樣的限制，同樣用於部分形容詞上，例如「赤い」（紅）、「かわいい」（可愛）已經是本質、事實了，所以也沒有必要加上表示樣態的「～そう」。當看到朋友的耳環，想讚美很漂亮時，也許華語會說「那個耳環看起來好漂亮喔！」但日文還是只能說「そのイヤリング、きれいですね」，而不能說「そのイヤリング、きれいそうですね」。

赤いです。（紅色。）　　　⇒　　✕ **赤そうです。**

かわいいです。（很可愛。）　⇒　　✕ **かわいそうです。**

　「老師，不是有『かわいそう』這個字嗎？ 嘻嘻～」

　喂！ 不要來亂！「かわいそう」是「可憐」的意思，是一個ナ形容詞，漢字寫成「可哀相」，跟我們討論的「可愛」或是「樣態」沒關係啦！

　「老師，你這樣太沒有建設性了吧！ 就算你否定都教授的存在，但難道就不能形容某個人『看起來是韓國人』嗎？」

　咦？ 老師隱隱約約聽到這樣的聲音！這就是為什麼要請各位注意兩個要點：①樣態「～そう」要翻譯為「看起來～」、「就要～」；②樣態「～そう」前面不可接名詞。

　當你想將「看起來」和「名詞」一起應用時，應該使用表示推測的「～よう」（好像～）。

あの人は韓国人のようです。（那個人【看起來 / 好像】是韓國人。）

あの人は異星人のようです。（那個人【看起來 / 好像】是外星人。）

あの人は病気のようです。（那個人【看起來 / 好像】生病了。）

練習看看

樣態「～そう」不只有使用限制，連接時也有不同變化，複習一下喔！

1. 那朵雲看起來像冰淇淋。（アイスクリーム）
   あの雲は ＿＿＿＿＿＿＿＿＿＿＿＿ です。

2. 那本字典看起來很不錯耶！（いい）
   あの辞書は ＿＿＿＿＿＿＿＿＿＿＿＿ ですね。

3. 再一下下這個工作就要結束了。（終わる）
   あと少しで、この仕事は ＿＿＿＿＿＿＿＿＿＿＿＿ です。

4. 啊，襯衫的鈕扣快掉了喔！（とれる）
   あっ、シャツのボタンが ＿＿＿＿＿＿＿＿＿＿＿＿ ですよ。

5. 他百般無聊地看著電視。（つまらない）
   あの人は ＿＿＿＿＿＿＿＿＿＿＿＿ テレビを見ています。

6. 這個人看起來沒什麼錢。（ない）
   この人はお金が ＿＿＿＿＿＿＿＿＿＿＿＿ です。

美貴ちゃんの彼氏、やさしそうね。

美貴小姐的男朋友，看起來很體貼呢！

このファッション雑誌は、読者の着こなし例が豊富なので、売れそうだ。

這本時尚雜誌，讀者穿搭的示範豐富，所以看起來賣得不錯。

台風で、近所の電信柱が倒れそうだ。

因為颱風，附近的電線桿快倒了。

乗っている車からすると、彼女の家はかなりお金持ちのようだ。

從開的車來看，她家好像相當有錢。

体力勝負のアルバイトなので、体が丈夫そうな人じゃないと務まらない。

因為是靠勞力的打工，如果不是看起來強壯的人，是勝任不了的。

アクセントは関西人のようだけど、実は東京の人だった。

雖然重音好像是關西人，不過其實是東京人。

先輩の話では、あの教授の授業は面白くなさそうなので、受講しないことにした。

聽學長說，那位教授的課不太有趣，所以決定不修了。

ドリアンはプロパンガスのようなにおいがすると誰かが言っていた。

有人說過榴槤味道好像瓦斯。

長靴のような形をした国と言ったら、一体どこでしょう？

說到形狀像長靴的國家，到底是哪裡呢？

毎朝、悲しそうに僕を見つめるポチを置いて、仕事に出かけるのは試練だ。

每天早上丟下悲傷地凝視著我的小狗波奇出門上班，是一大考驗。

あの人は　？　そうです

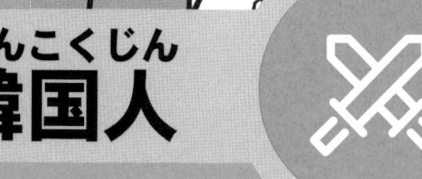

かんこくじん
韓国人

かんこくじん
韓国人だ

難易度　◇　◇　◇

正解

あの人は韓国人（かんこくじん）だそうです。

老師，我上次問過你，你說『那個人看起來是韓國人』不能說成『あの人は韓国人そうです』。我後來想想也對，因為『あの人は韓国人そうです』這句話應該是『聽說那個人是韓國人』。哈哈，這次我對了吧！

古……這裡不是批踢踢的笨版，老師對於你莫名的自信，真的也不知道該怎麼辦了……

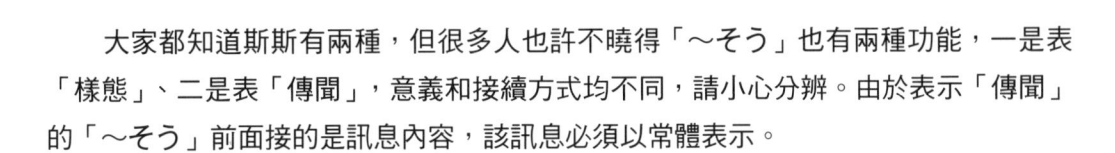 「～そう」有「樣態」和「傳聞」兩功能

　　大家都知道斯斯有兩種，但很多人也許不曉得「～そう」也有兩種功能，一是表「樣態」、二是表「傳聞」，意義和接續方式均不同，請小心分辨。由於表示「傳聞」的「～そう」前面接的是訊息內容，該訊息必須以常體表示。

(1-1) あした台風（たいふう）が来（き）ます。（明天颱風會來。）

(1-2) あした台風（たいふう）が来（く）るそうです。（聽說明天颱風會來。）

(2-1) 北海道（ほっかいどう）はとても寒（さむ）いです。（北海道非常冷。）

(2-2) 北海道（ほっかいどう）はとても寒（さむ）いそうです。（聽說北海道非常冷。）

(3-1) あの先生は親切です。（那位老師很親切。）

(3-2) あの先生は親切だそうです。（聽說那位老師很親切。）

(4-1) あの人は韓国人です。（那個人是韓國人。）

(4-2) あの人は韓国人だそうです。（聽說那個人是韓國人。）

　　常體的變化方式大家應該都學過了，但老師在此還是簡單提醒一下，ナ形容詞句和名詞句的現在肯定語尾「だ」，記得要加上去喔！否則名詞構成的「あの人は韓国人そうです」會成為完全無意義的話語；ナ形容詞構成的「あの先生は親切そうです」意思則是「那位老師看起來很親切」。

 ## 傳聞句型常出現「～によると」（根據～）

　　由上述可得知，只要接續方式正確，都可以表示傳聞或是樣態。不過，傳聞的「そう」用於告訴對方這個消息是有根據的，所以常常會配合表示消息來源的「～によると」（根據～）、「～では」。相對而言，表說話者非常主觀的判斷時，要用樣態的「そう」。

(5-1) 天気予報によると、あしたは寒いそうです。

　　（根據氣象報告，明天聽說很冷。）

(5-2) 外は雪が降っていて、寒そうです。

　　（外面在下雪，看起來很冷。）

(6-1) 木村先生の話では、張君は元気だそうです。

（據木村老師所說，張同學精神不錯。）

(6-2) さっき会いました。張君は元気そうです。

（剛剛見了面。張同學看起來很有精神。）

　　比較一下「～そう」在表「樣態」和「傳聞」時接續上的差異！先複習「樣態」的規則：「動詞ます形＋そう」「イ形容詞去い＋そう」「ナ形容詞直接（去な）＋そう」「名詞無樣態說法」。再確認「傳聞」，把消息內容用常體表示再加上「そう」，也就是「常體＋そう」。

		樣態	傳聞
動詞	雨が降ります。⇒	雨が降りそうです。	雨が降るそうです。
	（會下雨。）	（就要下雨了。）	（聽說會下雨。）
イ形容詞	おいしいです。⇒	おいしそうです。	おいしいそうです。
	（很好吃。）	（看起來很好吃。）	（聽說很好吃。）
ナ形容詞	元気です。　⇒	元気そうです。	元気だそうです。
	（很有精神。）	（看起來很有精神。）	（聽說很有精神。）
名詞	韓国人です。⇒	✕	韓国人だそうです。
	（是韓國人。）		（聽說是韓國人。）

練習看看　請選出正確的用法

1. 空が暗くなりました。雨が [降り / 降る] そうです。

2. ニュースによると、仙台で大きい地震が [あり / あった] そうです。

3. このりんごは [おいし / おいしい] そうですね。赤くて、大きくて……。

4. そんな [いや / いやだ] そうな顔をしないでください。

5. 田中さんの話によると、あの店のケーキは [おいし / おいしい] そうです。

6. 姉の手紙によると、家族はみんな [元気 / 元気だ] そうです。

7. 台北メトロ無差別殺人事件の犯人は [大学生 / 大学生だ] そうです。

8. 吉田さんに聞きましたが、娘さんが [結婚し / 結婚する] そうですね。

気象庁の発表では、今年日本の夏は、平年に比べ、北は涼しく、南
は暑いそうだ。

依氣象廳發布，今年日本的夏天和往年相比，北部涼、南部熱。

ニュースによると、サッカーワールドカップは開催地での準備が
遅れているそうだ。

根據新聞，聽說世界盃足球賽在主辦城市的準備（工作）延遲。

お隣りに聞いたんだけど、そこのスーパー、今日、食パン半額だ
そうよ。

是從鄰居那裡聽到的，聽說那家超市今天吐司半價喔！

ダイエットに成功した友人の話では、野菜、タンパク質、炭水化
物の順で食べると、やせるそうだ。

據減肥成功的朋友說，依蔬菜、蛋白質、碳水化合物的順序吃就會瘦喔！

最近築地にわざわざ寿司を食べに行く外国人観光客が増えている
そうだよ。

聽說最近特地去築地吃壽司的外國觀光客增加了喔。

テレビでやってたんだけど、台湾で日本のうどんがブームになっ
てるんだそうだよ。

電視上播過，聽說日本的烏龍麵在台灣引起熱潮呢。

原宿でも台湾のマンゴーかき氷が食べられるそうよ。

聽說在原宿可以吃到台灣的芒果刨冰喔。

母からの連絡によると、手術後、父親は回復も早く元気だそうな
ので、安心した。

根據從母親那裡得到的消息，手術後父親很快就恢復精神，所以我就放心了。

地元の人の話では、マンションが立ち並ぶこの周辺も、２０年前
は畑だったそうだ。

根據當地人所說，公寓大樓林立的這一帶，二十年前是農田。

<ruby>先<rt>せん</rt></ruby><ruby>生<rt>せい</rt></ruby>に<ruby>給<rt>きゅう</rt></ruby><ruby>食<rt>しょく</rt></ruby><ruby>費<rt>ひ</rt></ruby>を ？ 。

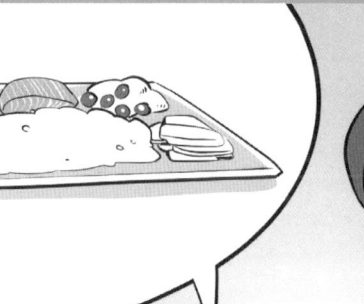

<ruby>渡<rt>わた</rt></ruby>しました ✕ あげました

難易度 ◇ ◇ ◇

受人恩惠要你加倍奉還『授受動詞』（泣）

正解

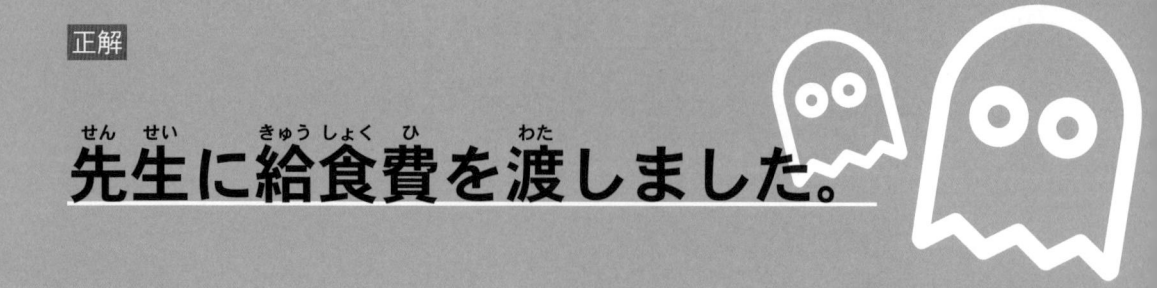

先生に給食費を渡しました。

> 老師，為什麼說了「先生に給食費をあげます」然後把營養午餐錢拿給老師的時候，不知道為什麼，老師好像不太高興耶！

> 沒問題、沒問題，我來看看……什麼！！你真的這樣說！？你真的慘了～

📋 抽象事物不用「あげる・もらう・くれる」

「あげる」（給）、「もらう」（獲得）、「くれる」（給我）這三個動詞稱為「授受動詞」，用來表示物品的給受。注意到了嗎？ 老師再說一次──授受動詞用來表示物品的給受，也就是能夠給的、能夠獲得的全都是「東西」。換個說法，「あげる・もらう・くれる」的受詞必須為「物品」，不能是抽象的事物。讓我們來看看以下的例句。

(1) ✕ 子どもに愛情をあげた。

(2) ✕ 子どもは愛情をもらった。

如果要說「給小孩愛」，此時的「給」，不可以用「あげる」；如果要說「小孩得到愛」，此時的「得」，也不可以用「もらう」。

老師此時似乎看到各位的臉現正「吶喊」！ 後製，幫我上個特效吧！

(3) ○ 子どもに愛情を与えた。

（給小孩愛。）

(4) ○ 子どもは愛情を受けた。

（小孩得到愛。）

看起來，大家都錯很久了。沒關係，過去種種譬如昨日死，所以今天開始對就好。

如果「給予」、「得到」的不是東西，我們可以用「与える」來表示「給」、用「受ける」來表示「得」。所以「給小孩愛」、「小孩得到愛」，就應該用這兩個字來表達才恰當。

 ## 與恩惠無關不能用「あげる・もらう・くれる」

「喂、老師，你還是沒有解決我的問題呀！為什麼給老師營養午餐錢不能說『給食費をあげる』，難道要用敬語『さしあげる』？至少我不是用上對下的『やる』呀！」

別急別急，「あげる・もらう・くれる」除了用於物品的授受外，還有一個特殊的限制，那就是必須和「恩惠」有關。所謂的「恩惠」，用在「あげる」時表達對對方的好意，而用在「もらう・くれる」時則表示對於對方好意的感謝。所以「先生に給食費をあげました」這個句子聽起來，像是老師沒有營養午餐費，你幫他出的感覺。

(5) ✕ 先生に給食費をあげました。

(6) ○ 先生に給食費を渡しました。

（把營養午餐錢交給老師。）

也就是，如果只有單純的東西交付，使用授受動詞是不恰當的。建議各位，要表示「給」「交給」的時候，可以用「渡す」「出す」「提出する」；如果要表示「收取」時，可以用「受け取る」。

(7) 金曜日にレポートを先生に<u>出しました</u>。

（星期五把報告交給了老師。）

(8) 彼女は私からお金を<u>受け取る</u>と財布に入れました。

（她一收到我的錢就放入錢包裡。）

補充說明一下，各位覺得下面這兩個句子成立嗎？看起來都不符合「物品」的授受，跟「恩惠」似乎也無關，不過都可是正確說法喔！（只是特別了點）

(9) 太郎に風邪を<u>もらった</u>。 （被太郎傳染了感冒。）

(10) 先生がたくさん宿題を<u>くれた</u>。 （老師出了很多作業。）

「感冒」不是大家願意的，「很多作業」一般來說，學生也不會高興。不是令人開心的事，卻用了表達感謝的字眼「もらう」「くれる」，就是用反話表達諷刺的感覺。就像是「真是謝謝太郎讓我感冒了」「真是謝謝老師給我這麼多的功課」這樣的中文表達。

不過，最後還是得補充一點，例句（10）也可以是用功的同學表達對老師的感謝喔！

練習看看 請選出正確的動詞（答案未必只有一個）

1. 津波はその地域に大きな被害を［あげた／与えた］。

2. 学生が教師に宿題を［あげた／出した］。

3. 私は彼にプレゼントを［もらった／受けた］

4. この映画は子どもに悪い影響を［あげる／与える］かもしれない。

5. 猫にえさを［やる／与える］

6. あの人は彼に助けを［あげた／与えた］。

先生から発音に関して適切なアドバイスを受けた。

從老師那得到了關於發音的適切建議。

この服、もう２年も着たから、妹にあげようかな。

這件衣服已經穿了兩年了，所以就給妹妹吧～

宿題は、金曜日までに助手の張さんに渡しておいてください。

作業請在星期五之前先交給張助教。

財布を忘れたけど、田中君がクッキーをくれたので、昼食代わりにした。

忘了帶錢包，不過因為田中同學給了我餅乾，就把那當午餐了。

インターネットが与える情報をすべて丸呑みするのは危険だ。

把網路給的資訊照單全收是很危險的。

郵便物を受け取ったが、そのほとんどが前の住人宛てので、処理に困った。

收到了郵件，但幾乎都是給前一個住戶的，所以不知道該怎麼處理。

就職活動のため、履歴書や外国語能力の証明書などを会社に提出した。

為了求職，把履歷表和外文能力證書等資料提交給公司。

この前写真コンクールに出した作品が、入賞したとの連絡が来た。

之前參加攝影比賽作品的得獎通知來了。

君にもらった余分な仕事のおかげで、この一週間まともに寝ていない。

因為接下了你給的額外工作，這一個星期都沒有好好睡個覺。

毎日毎日ダイエットメニュー、これこそ妻が僕にくれる愛情なのだろう。

每天每天都是減肥餐，這正是太太給我的愛吧！

社長、かばんを ？ 。

お持ちしま
しょうか

持ってさしあ
げましょうか

難易度 ◇ ◇ ◇

文法暗藏說話的藝術『提議句型』

正解

社長、かばんをお持ち
しましょうか。

> 老師，我日文系畢業，以前老師說日文不好就找不到工作，我現在相信了。因為……「社長、かばんを持ってさしあげましょうか。」這句話……我差點丟了工作……

> 不會吧！什麼事這麼嚴重？ 我看看呀……嗯，的確，看了好想炒你魷魚喔！ 怎麼會這樣講話呢！

 「～てあげる」「～てさしあげる」
不適用於下對上

(1) 私は田中さんに時計をあげました。

（我送了田中小姐手錶。）

(2) 私は先生にお歳暮をさしあげました。

（我送了老師年終賀禮。）

192

「あげる」是物品授受中的「給」，使用時要注意必須跟「恩惠」有關，也就是必須是帶有「好意」的給予，翻譯時常譯為「送」。「さしあげる」則是「あげる」的謙讓語，當「給」這個行為用在下對上，如下屬對上司、學生對老師，或晚輩對長輩時，最好使用「さしあげる」以表達敬意。

　　「老師，所以我沒錯呀！我看到關鍵字了——你說『下對上時最好用<u>さしあげる</u>』呀。」

　　話是這麼說沒錯，但那是「あげる」「さしあげる」用於「一般物品」的授受，也就是給予或贈予東西時。而「～てあげる」是「行為」的授受，表示說話者出自好意<u>為對方做某件事</u>，中文翻譯時建議使用「幫～（做）」「為～（做）」等詞彙，其限制就是<u>不適合用於下對上的協助</u>。

(3) ？ 社長、タクシーを<ruby>呼<rt>よ</rt></ruby>んで<u>あげます</u>。

(4) ？ 社長、タクシーを<ruby>呼<rt>よ</rt></ruby>んで<u>さしあげます</u>。

　　上面例句（3）、（4）的文法結構都沒有錯誤，但我們卻不會這麼用，這是因為，既然「～てあげる」用來表達「為對方做某件事」，這樣的說法就隱含著「強者幫助弱者」的意味，若用於下對上便會產生諷刺，而且句子用得愈恭敬，諷刺的感覺就愈強烈。如果用「～てさしあげる」來表達「社長，我來幫你叫計程車」，聽起來就像是帶有「呦～當老闆的連叫計程車都不會，讓小的來幫您吧！」這種語感。

 提議句型「～ましょうか」表提供協助

　　「老師，那我該怎麼跟老闆表示我要幫忙呢？」

　　要幫忙別人時，老師建議用提議句型「～ましょうか」，因為如上所說「～てあげる」「～てさしあげる」是為對方做事，容易給人一種高高在上「施恩」的感覺，所以不用「我幫你～」，而是說成「我來～吧！」

(5) タクシーを呼びましょうか。

（我來叫計程車吧！）

(6) 手伝いましょうか。

（我來幫忙吧！）

如果幫忙的對象是上位者，就將動詞變成謙讓語，規則是「お＋ます形＋します」，例如「呼びます」的謙讓語就是「お呼びします」，「手伝います」的謙讓語就是「お手伝いします」，然後再加上提議句型「～ましょうか」，構成「お＋ます形＋しましょうか」。

(7) 社長、タクシーをお呼びしましょうか。

（社長，我來叫計程車吧！）

(8) 先生、お手伝いしましょうか。

（老師，我來幫忙吧！）

所以囉！綜合以上，要幫社長拿包包時請記得說：「社長、かばんをお持ちしましょうか」就不會丟飯碗啦！

練習看看 請將以下句子翻成日文看看

1. 我來帶路吧！（案内する）

2. 小陳，我跟你說王小姐的電話吧！（教える）

3. 王小姐，我來幫你提包包吧！（持つ）

4. 老師沒帶字典，所以借給老師。（貸す）

5. 社長，給您看我家人的照片吧！（見る）

6. 我給社長看了照片。（見せる）

みかん、まだたくさんあるので、１０個ぐらいならさしあげますよ。

因為橘子我還有很多，十個左右的話我送你呀！

先生にさしあげた田舎のお土産、とてもおいしかったと感謝された。

送給老師的鄉下土產，老師謝謝我說非常好吃。

部長、後片付けは、私がいたしますので、お先にどうぞ。

部長，之後的收拾我會處理，所以您請先走。

おばあさん、私、今手が空いてるので、部屋をお掃除しましょうか。

奶奶，我現在沒事，所以我來打掃房間吧。

日本の教授に指導を願うメールをさしあげたのに、今だに返事が来ない。

寄給了在日本的教授請求指導的郵件，但是到現在都還沒收到回信。

資料すぐにお持ちしますので、しばらくお待ちください。

資料我會立刻拿過來，所以請稍候。

社長の今日の予定について、取引先にお伝えしておいた。

關於社長今天的行程，已經先告訴客戶了。

機嫌を取ろうと、彼女の父親の将棋の相手をしてさしあげたら、結婚の承諾を得た。

想要博得歡心而跟女友的父親下棋，結果同意了這門婚事。

先生のお荷物、こちらでお預かりいたしますよ。

老師您的行李，我們會幫您保管的喔。

教授の荷物を預かってさしあげたとき、勝手に中身を見てしまい、怒られてしまった。

幫忙保管教授的行李時，擅自看了裡面的東西，被罵了一頓。

Quiz 33　比賽將照預定舉行，但若逢大雨就會取消。

試合(しあい)は予定(よてい)通(どお)り行(おこな)います。
＿？＿、大雨(おおあめ)なら中止(ちゅうし)します。

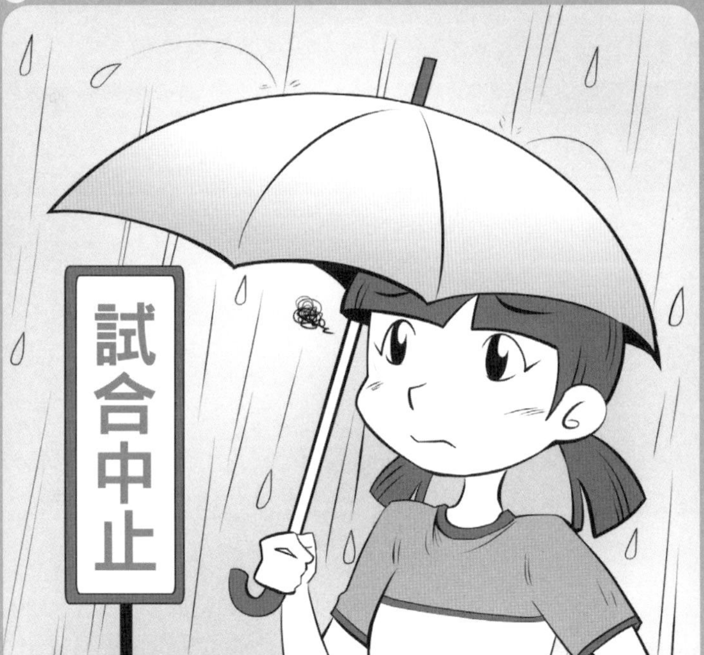

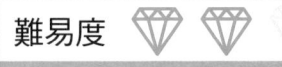

ただし　しかし

難易度

65

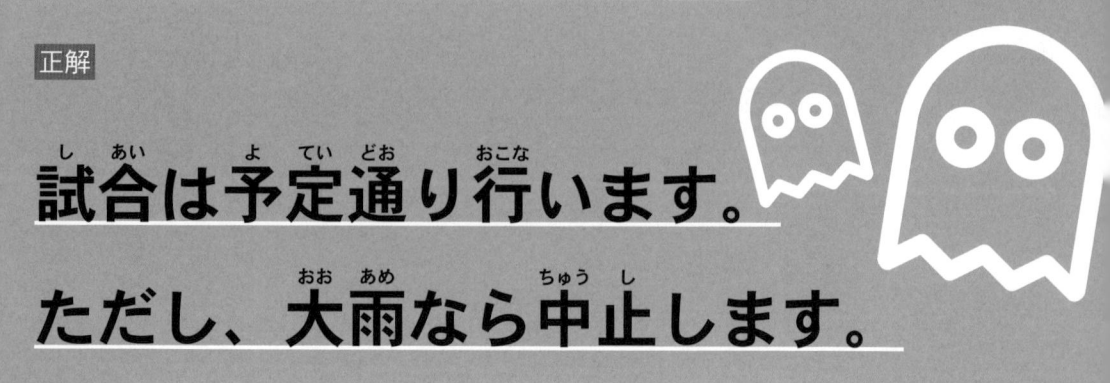

天堂與地獄之差『しかし VS. ただし』

正解

試合は予定通り行います。
ただし、大雨なら中止します。

老師，你來評評理！我保證，這句話加上「しかし」一定沒錯，可是為什麼大家還是不知道比賽到底要不要舉行呢？

別氣、別氣，我來看看。唉呀，原來是這個問題呀！該說是日文問題還是中文問題呢？無論如何，老師幫你調整一下吧！

 しかし：逆態接続

　　「しかし」應該是大家都很熟悉的一個接續詞，「可是～」、「但是～」都是常見的中文翻譯。不過老師建議大家不要只記中文意思，而是要記住文法功能。「しかし」表示「逆態接續」，所謂的逆態接續，指的是後句有著前句相反的價值。

(1) 太郎の気持ちはわかる。しかし、太郎の行為は許せない。

（太郎的心情我了解。但是無法原諒太郎的行為。）

(2) 約束の時間になった。しかし、彼女は来なかった。

（到了約定的時間了。但是她沒來。）

例如例句（1）的前句表達「了解」（わかる），後句表達「不能原諒」（許せない），後句明顯是前句的相反內容。例句（2）的前句是到了約定時間，後句是對方爽約了，「時間到了人卻沒來」這就是所謂的逆態關係。

 ただし：補充例外

「ただし」是進入中級時才會學到的接續詞，因為中文翻譯也常說成「可是～」、「但是～」，所以對中文母語者來說，和「しかし」幾乎無法區分，每次使用就好像在丟銅板一樣，老師說得沒錯吧？

這就是老師一直告訴大家的，問題不是中文翻譯，重點在於文法功能。接下來就來說說「ただし」的文法功能為何吧！「ただし」是接續詞，這一點跟「しかし」相同。不一樣的在於「ただし」是用來表示「補充」的接續詞，補充前句的「例外」或是「條件」。

(3) 当店は年中無休です。ただし、大晦日は休みます。

（本店全年無休。但是除夕當天不營業。）

(4) 引き受けてもいいです。ただし、条件が一つあります。

（我可以接受。但是有一個條件。）

以例句（3）來說明，（3）裡的「年中無休」，並不是像便利商店一樣二十四小時營業，而是指國定假日也營業、沒有公休日的意思。因此前句說「年中無休」，而後句的「大晦日は休みます」則表達了例外的狀況。另外，例句（4）則清楚地表達出在特定的條件下才能接受的意思，所以皆屬於補充例外。

しかし VS. ただし

(5) ✕ 試合は予定通り行います。しかし、大雨なら中止します。

(6) 〇 試合は予定通り行います。ただし、大雨なら中止します。

　　現在應該知道一開始的「試合は予定通り行います。しかし、大雨なら中止します」這句話為什麼不恰當了吧！前句說要照計畫舉行，後句則是例外的情況，因此應該加上「ただし」才適合。所以若要表達「比賽依計畫舉行。但是大雨的話就取消」這句話，應說成例句（6）才正確。

(7) 〇 日本語が下手でした。しかし、よく練習して、上手になりました。

(8) ✕ 日本語が下手でした。ただし、よく練習して、上手になりました。

　　再比較一下例句（7）、（8）。前句是「日文以前很糟糕」，後句是「變厲害了」，此時當然不能用「補充例外」來表示，而是典型的逆態接續。因此（7）才是正確的說法，翻譯為「日文以前很糟糕。但是常常練習，變厲害了」。

　　除了「しかし」以外，「でも」、「だけど」、「だが」都是逆態接續詞，用法大致都相同喔！當然，這幾個用法都不能和「ただし」互換！

(9) 彼女はとてもきれいだ。しかし / でも / だけど / だが / ただし、性格が悪い。

（她很漂亮，但是個性不好。）

練習看看　請選出正確的用法

1. 列車が脱線した。［しかし / ただし］、けがした人はいなかった。

2. 展覧会は二十日までです。［しかし / ただし］、火曜日は休館なのでご
注意ください。

3. 一生懸命勉強した。［しかし / ただし］、テストの結果は悪かった。

4. 食べてもいいですよ。［しかし / ただし］、その前に手を洗ってください。

肉は嫌いだ。ただしあの店のフライドチキンだけは食べる。

我討厭肉。但是就只有那家店的炸雞我會吃。

富士山が世界遺産に認定されるそうだ。しかし鎌倉は今回だめらしい。

聽說富士山要被登錄為世界文化遺產了。不過，鎌倉這次好像不行。

中国語は、文法は簡単です。でも漢字は難しくて、外国人には大変です。

中文文法很簡單。但是漢字很難，對外國人來說很不容易。

試験では、教科書は持ち込めません。ただしノートの使用は許可します。

考試不可以帶課本。不過可以用筆記。

今回はお小遣いをあげるね。ただしもう社会人なんだから、これで最後よ。

這次我給你零用錢。不過已經出社會了，所以這是最後一次了喔！

桜はきれいだなあ。だけど雨や風ですぐに散ってしまう。

櫻花好漂亮呀！只是雨一淋、風一吹就會立刻謝了。

日本のテレビ番組で、日本食に詳しくなった。しかし日本語は全然上達していない。

因為日本的電視節目，對日本食物變得很瞭解。但是日文完全沒進步。

円安で日本へ来る外国人が多くなった。だが外国へ行く日本人は減った。

因為日幣貶值，來日本的外國人變多了。但是去外國的日本人減少了。

本日おにぎり全品１８元。ただし２５元未満のものに限る。

今天御飯糰一律十八元。但是僅限不到二十五元者。

スマホ買い換えたいなあ。だけど２ヶ月前に買ったばかりだし～。

想換一台智慧型手機呀！但是兩個月前才剛買了（手機）呀～。

解答

Quiz 1

1. は（太郎在哪裡呢？）
2. は（您的國家是哪裡呢？）
3. が（哪一把是吉田小姐的傘呢？）
4. は（山田先生的傘是哪一把呢？）
5. が・は（鈴木先生送我的是花。）
6. は・が（我吃了藤井小姐送我的巧克力。）

Quiz 2

1. <u>ここからは、天気がよければ富士山が見えます。</u>（天氣好的話，從這裡可以看到富士山。）
2. <u>日本語の勉強は、国へ帰っても続けます。</u>（回國的話，也會繼續學習日文。）
3. <u>富士山へは、雨でしたから行きませんでした。</u>（因為下雨，所以沒去富士山。）
4. <u>30歳までには結婚するつもりです。</u>（打算在三十歲前結婚。）
5. <u>カメラはタクシーに忘れてしまいました。</u>（相機忘在計程車上。）
6. <u>今日は雨ですから出かけません。</u>（今天因為下雨，所以不出門。）

Quiz 3

1. サルは手が長い。
2. キリンは首が長い。
3. ワニは口が大きい。
4. カンガルーは足が強い。

Quiz 4

1. こちら
2. そんなに / この
3. あいつ / あいつ
4. そんな

Quiz 5

1. ○　　　2. ×　　　3. ○

4. ○　　　5. ×　　　6. ○
7. ○　　　8. ○

Quiz 6

1. に（田中同學，請站到教室前面。）
2. で（昨天附近失火了。）
3. に（在台灣吃得到的水果中，有荔枝這種日本沒有的東西。）
4. で（高速公路上發生了連環車禍。）
5. に（把書擺在書架上。）
6. で（今天早上合歡山下雪了。）

Quiz 7

a. 兄は私より日本語が上手です。
b. 今日は昨日より暑いです。
c. 私は兄ほど日本語が上手ではありません。
d. 昨日は今日ほど暑くなかったです。
e. アジアゾウはアフリカゾウほど大きくないです。
f. クロサイはシロサイほど大きくないです。
g. ゾウはネズミより大きいです。
h. ネズミはネコより小さいです。

Quiz 8

1. 行った（到日本時，在羽田機場遇見了林先生。）
2. 出る（出房間時請關燈。）
3. 会った（早上見到人時要説「おはよう」。）
4. 食べた（吃完飯時要説「ごちそうさま」。）

Quiz 9

2B、3B、4B

Quiz 10

1. まで（工作結束為止不能回家。）
2. までに（請下星期前還我借你的錢。）
3. あいだ（暑假期間哪裡都沒去。）
4. あいだに（購物時被偷了錢包。）

Quiz 11

1. 立ったまま
   疲れているようです。あの人は電車で立ったまま寝ています。（好像很累的樣子。那個人在電車就這樣站著睡著了。）

2. かけて
   目が悪くなったので、めがねをかけて勉強します。（視力變糟了，所以戴著眼鏡讀書。）

3. かぶったまま
   帽子をかぶったままあいさつするのは失礼です。（戴著帽子打招呼很沒禮貌。）

4. 立たないまま
   立たないままあいさつしたので、叱られてしまいました。（沒起身就打了招呼，所以被罵了。）

5. 読まないまま
   図書館で借りた本を読まないまま返してしまいました（在圖書館借的書沒讀完就還回去了。）

6. 入れないで
   コーヒーはいつも砂糖を入れないで飲みます。（咖啡總是不加糖喝。）

Quiz 12

1. （ × ）
   先生の話がよく聞こえるように、前の方に座ります。
   為了聽清楚老師的話，要坐到前面。

2. （ × ）
   鳥の声がよく聞こえるように、窓を開けましょう。
   為了聽清楚鳥叫聲，打開窗戶吧！

3. （ 行く ）
   海外に行くために、パスポートを取りました。
   為了去國外，辦了護照。

4. （ 行ける ）
   海外に行けるように、外国語を勉強しています。
   為了能去國外，正在學外文。

5. （ ために ）
   （私は）6時の電車に乗るために、（私は）早く起きました。
   為了要搭六點的電車，很早起床。

6. （ ように ）
   6時の電車に間に合うように、（私は）早く起きました。
   為了趕得上六點的電車，很早起床。

Quiz 13

1. 先生は私に字をもっときれいに書くように言いました。
   （先生に字をもっときれいに書くように言われました。）
   老師要我字再寫得漂亮一點。

2. お医者さんは田中さんに酒を飲まないように注意しました。
   （田中さんはお医者さんに酒を飲まないように注意されました。）
   醫生提醒田中先生不要喝酒。

3. 母は電話で早く国へ帰ってくるように言いました。
   （母に早く国へ帰ってくるように言われました。）
   母親在電話中要我早點回國。

4. 姉は学校の帰りに切手を買ってくるように頼みました。
   （姉に学校の帰りに切手を買ってくるように頼まれました。）
   姊姊拜託我放學回家的路上買郵票回來。

Quiz 14

1. ないで（請不要看教科書回答！）
2. なくて（見不到福山先生，很失望。）

3. ないで（不看手冊操作機器。）

4. なくて（沒有朋友，很寂寞。）

5. なくて（無法出席宴會，很抱歉。）

6. ないで（今天晚上不回家，打算工作到早上。）

Quiz 15
a. 電気が消えました。

b. ドアが閉まります。

c. 電気をつけました。

d. ドアを開けました。

e. コップを割りました。→コップが割れました。

f. 車を止めました。→車が止まりました。

Quiz 16
1. ドアを閉めろ。

2. 私はドアを閉めない。

3. ドアが閉まらない。

4. 弟はドアが閉められない。

5. 電気をつけろ。

6. 私は電気をつけない。

7. 電気がつかない。

8. 妹は電気がつけられない。

Quiz 17
1. 見られない（每天加班，沒辦法看連續劇。）

2. 聞こえない（沒有麥克風，所以老師的聲音聽不清楚。）

3. 見えない（一片漆黑，什麼都看不到。）

4. 聞ける（在那間酒吧裡，可以聽到好聽的音樂。）

Quiz 18
1. b ドアが開きました。（門開了。）

2. a ドアを開けました。（開了門。）

3. a ドアを開けています。（正在開門。）

4. a ドアが開いています。（門開著。）

5. b ドアが開けてあります。（門開好了。）

Quiz 19
1. 海外旅行に行く前に、パスポートを作っておきます。

2. 今晩友だちが来る前に、部屋を掃除しておきます。

3. 出発の前に、荷物を準備しておきます。

4. 会議の前に、資料を読んでおきます。

5. 仕事が終わったら、机の上を片付けておきます。

6. 山に登る前に、地図をよく見ておきます。

Quiz 20
1. 今夜ここでパーティーが開かれる。

2. 世界中でこの歌が歌われている。

3. この本は村上春樹によって書かれた。

4. 電話はベルによって発明された。

5. この建物は木で造られている。

6. プラスチックは石油から作られている。

Quiz 21
1. （わたしは）母にまんがを捨てられた。

2. （わたしは）弟にカメラを壊された。

3. （わたしは）クラスメートにかばんをまちがえられた。

4. （わたしは）太郎にテストを見られた。

5. （わたしは）子どもに服を汚された。

6. （わたしは）父に日記を読まれた。

Quiz 22
1. 座られて（前面坐了一個很高大的人，害我看不清楚電影。）

2. 泣かれて（昨天晚上小孩一直哭，害我睡不好。）

3. 死なれて（疼愛的小狗死了，非常寂寞。）

4. 騒がれて（昨天被鄰居吵得沒辦法好好睡覺。）

5. 入られない（你知道不被小偷入侵的方法嗎？）

6. いられて（不喜歡的人一直在我身邊，真討厭。）

7. 倒れられて（妻子突然病倒了，不得不做所有的家事。）
8. 止まられて（前方的車突然停了下來，差點就發生交通意外了。）

1. お母さんは今日だけ子どもにテレビゲームをやらせました。
2. 社長は社員に土曜日も仕事をさせました。
3. お母さんは子どもに好きなお菓子を食べさせました。
4. 先生は学生に作文を書かせました。
5. 太郎はおもしろい話をして、みんなを笑わせました。
6. 太郎は1人で旅行に行って、両親を心配させました。
7. 親は子どもをサッカークラブに通わせました。
8. 子どもに道の内側を歩かせたほうがいい。

Quiz 24

1. 子どものとき、兄とけんかをして、よく兄に<u>泣かされ</u>ました。
   小時候常和哥哥打架，被哥哥弄哭。
2. 子どものとき、妹とけんかをして、よく妹を<u>泣かせ</u>ました。
   小時候常和妹妹打架，把妹妹弄哭。
3. 鈴木さんは彼女に1時間も<u>待たされて</u>、怒っています。
   鈴木先生等了女朋友一個小時，很生氣。
4. 祖父は病気をして、みんなを<u>心配させた</u>が、もう元気になりました。
   祖父生了病，讓大家很擔心，不過已經恢復健康了。
5. 太郎は宿題を忘れて先生に<u>立たされ</u>ました。
   太郎忘了寫作業，被老師罰站。
6. 私は先生に何度も<u>注意されて</u>いやになりました。

我不斷被老師警告，真煩。

Quiz 25

1. (○) わからなければ、いつでも聞いてください。亦可改為：わからなかっ<u>たら</u>、いつでも聞いてください。
   不懂的話，請隨時來問我！
2. (○) ここを押せば、ドアが開きます。
   亦可改為：①ここを押す<u>と</u>、ドアが開きます。②ここを押し<u>たら</u>、ドアが開きます。
   按下這裡的話，門就會打開。
3. (○) 走れば、間に合います。
   亦可改為：①走る<u>と</u>、間に合います。②走っ<u>たら</u>、間に合います。
   跑的話就來得及。
4. (×) 駅に着けば、電話をかけてください。
   應改為：駅に着い<u>たら</u>、電話をかけてください。
   到車站的話，請打電話給我。
5. (○) 困っていれば、相談に来てください。
   亦可改為：困ってい<u>たら</u>、相談に来てください。
   有困難的話，請來跟我談談！
6. (×) 北海道へ行けば、おみやげを買おう。
   應改為：北海道へ行っ<u>たら</u>、おみやげを買おう。
   到了北海道的話，我們買點禮物吧！

Quiz 26

1. 運転するなら酒を飲まない。
2. 酒を飲んだら運転しない。
3. 運転する人に酒を勧めない。
4. 酒を飲んだ人に運転させない。
5. 酒を飲んだ人の車に同乗しない。

Quiz 27

1. わたしはいい車がほしいです。

2. 弟はいい車をほしがっています。
3. 誰でもいい車をほしがります。
4. わたしは新しい携帯電話 [を / が] 買いたいです。
5. 妹は新しい携帯電話を買いたがっています。
6. ここに来る客は皆新しい携帯電話を買いたがります。

Quiz 28
1. 知らせてほしい
2. 言わないでほしい
3. 出してほしい
4. 置かないでほしい
5. 来てほしい
6. 出さないでほしい
7. 暖かくなってほしい
8. 怒らないでほしい

Quiz 29
1. アイスクリームのよう
2. よさそう
3. 終わりそう
4. とれそう
5. つまらなそうに
6. なさそう

Quiz 30
1. 降り（天空變暗了。看起來要下雨了。）
2. あった（據新聞報導，仙台發生了大地震。）
3. おいし（這蘋果看起來好好吃喔。又紅又大……）
4. いや（不要露出那麼不情願的表情。）
5. おいしい（據田中小姐說，那家店的蛋糕很好吃。）
6. 元気だ（根據姊姊的來信，家人全都很健康。）
7. 大学生だ（聽說犯下台北捷運隨機殺人案件的人是個大學生。）
8. 結婚する（我從吉田先生那得知，聽說令嬡要結婚了呀！）

Quiz 31
1. 与えた（海嘯帶給那個地區很大的災害。）
2. 出した（學生把作業交給老師。）
3. もらった（我收到他的禮物。）
4. 与える（這部電影有可能給孩子帶來負面的影響。）
5. やる／ 与える（餵貓。）
6. 与えた（那個人給予他幫助。）

Quiz 32
1. わたしがご案内しましょうか。
2. 陳君、王さんの電話番号を教えましょうか。
3. 王さん、かばんを持ってあげましょうか。
4. 先生が辞書を持っていらっしゃらなかったから貸してさしあげました。
   （雖然當著老師的面不該使用「～てさしあげる」，但若對朋友講述這件事時就可以這麼說，表達對老師的禮貌）
5. 社長、わたしの家族の写真をお見せしましょうか。
6. わたしは社長に写真をお見せしました。

Quiz 33
1. しかし（火車出軌了，但是沒有人受傷。）
2. ただし（展覽到二十日為止。不過，星期二休館，請注意！）
3. しかし（拼命讀書，但是考試成績卻不好。）
4. ただし（可以吃喔！只是吃之前請洗手。）

日語文法誰敢來挑戰：Quiz 快問快答，高手魯蛇立分高下！.
新手練功篇 / 林士鈞 , EZ Japan 編輯部作 . -- 初版 . -- 臺北
市：日月文化 , 2016.09
208 面；17×23 公分 . -- (EZ Japen 教材；3)
ISBN 978-986-248-586-6 (平裝附光碟片)
1. 日語 2. 語法
803.16　　　　　　　　　　　　　　　　105013484

EZ Japan 教材 03

日語文法誰敢來挑戰：**Quiz** 快問快答，高手魯蛇立分高下！
＜新手練功篇＞（1書1MP3）

作　　　者：林士鈞、EZ Japan編輯部
繪　　　者：馮思芸
企　　　劃：鄭雁聿
責任編輯：周君玲
校　　　對：周君玲、楊于萱
封面設計：MARKO SUN
內頁排版：健呈電腦排版股份有限公司
配　　　音：今泉江利子、仁平亘
錄音後製：純粹錄音後製有限公司

發 行 人：洪祺祥
總 編 輯：林慧美
副總編輯：王彥萍
法律顧問：建大法律事務所
財務顧問：高威會計師事務所
出　　　版：日月文化出版股份有限公司
製　　　作：EZ叢書館 EZ Japan

地　　　址：臺北市信義路三段151號8樓
電　　　話：(02)2708-5509
傳　　　真：(02)2708-6157
客服信箱：service@heliopolis.com.tw
網　　　址：www.heliopolis.com.tw
郵撥帳號：19716071日月文化出版股份有限公司

總 經 銷：聯合發行股份有限公司
電　　　話：(02)2917-8022
傳　　　真：(02)2915-7212
印　　　刷：中原造像股份有限公司
初　　　版：2016年9月
定　　　價：320元
I S B N：978-986-248-586-6